JN411410

타임머신

타임머신

허버트 조지 웰스 | 임종기 옮김

문예출판사

The Time Machine

Herbert George Wells

차례

• 주석의 편집자 주는 원주이며 그 외는 모두 옮긴이 주다.

1

시간 여행자(편의상 그를 이렇게 부르고자 한다)는 난해한 문제를 우리에게 설명했다. 그의 회색 빛깔 눈동자는 반짝거리며 빛을 발했고, 평소에는 창백했던 얼굴은 붉게 상기되어 생기가 넘쳤다. 난롯불은 환하게 타올랐고, 백합 모양 은촛대에서 빛나는 촛불의 부드러운 광휘는 우리가 든 유리잔 속에서 확 나타났다가 사라지는 기포까지도 잡아냈다.

우리가 앉은 의자는 특허를 얻은 그의 발명품이었는데, 그저 걸터앉도록 된 것이 아니라 앉아 있는 우리를 감싸 안고 어르는 듯한 느낌을 주었다. 저녁 식사 후에 느껴지는 여유로움이 감도는 분위기였다. 그런 분위기라면 사람들의 생각은 경직된 틀의 속박에서 벗어나 자유분방해지는 법이다. 그는 가느다란 집게손가락을 세워

핵심적인 내용을 강조해가며 이렇게 자유분방하게 설명을 했다. 그 순간 우리는 느긋하게 앉아서 이 새로운 모순적인 주장(우리는 모순적인 주장이라고 생각했다)에 열중하는 그의 진지함과 그가 품은 풍부한 상상력에 감탄했다.

"내 말을 찬찬히 들어보시오. 이제부터 사람들이 거의 보편적으로 인정하는 한두 개념을 논박해보겠소. 이를테면 기하학을 생각해 볼 수 있을 텐데, 당신들이 학교에서 배운 기하학은 잘못된 관념에 기초를 두고 있소."

"이거 시작부터 너무 거창한 문제를 거론하는 거 아니오?"

논쟁을 좋아하는 빨간 머리의 필비가 말했다.

"무엇이든 타당한 근거도 없이 여러분에게 인정하라고 말하려는 것은 아니오. 곧 여러분은 내가 여러분에게 바라는 그대로 모든 걸 인정할 것이오. 여러분도 물론 알겠지만, 수학상의 선(線), 즉 두께가 영(0)인 선은 사실상 존재하지 않소. 여러분도 그렇게 배우지 않았소? 마찬가지로 수학적 평면도 사실상 존재하지 않소. 그러한 것들은 그저 단순히 추상 개념일 따름이오."

"그거야 그렇소!"

심리학자가 말했다.

"길이와 폭과 두께만을 갖고 있는 입방체라는 것도 실제로는 존재하지 않소."

"그건 그렇지 않소! 분명 입체는 존재하오. 모든 것은……."

필비가 말했다.

"대부분의 사람이 그렇게 생각하오. 하지만 잠시 기다려보시오. 순간적인 입방체란 것이 있을 수 있겠소?"

"무슨 말을 하는지 모르겠소."

필비가 말했다.

"일정한 시간 동안이라도 존속하지 않을 수 있는 입방체가 실재할 수 있겠느냐 말이오?"

필비는 생각에 잠겼다. 그러자 시간 여행자가 말을 이었다.

"분명, 실재하는 물체는 어떤 것이든 네 가지 방향으로 연장성을 지녀야 하오. 즉 '길이', '폭', '두께' 그리고 '지속 시간' 말이오. 하지만 우리의 육체가 지닌 본질적인 결함— 그것에 대해선 곧 설명하겠소— 때문에 우리는 이 사실을 간과하는 경향이 있소. 실제로는 네 가지 차원이 있소. 우리는 그중 세 개를 공간의 평면이라고 말하고 나머지 한 차원을 시간이라고 말하오. 하지만 사람들은 세 가지 공간의 차원과 한 가지 시간의 차원 사이에 실재하지도 않는 구별을 지으려 하는 경향이 있소. 그것은 우리 의식이 태어나서 죽을 때까지 시간에 따라 한쪽 방향으로만 단속적으로 움직여나가기 때문이오."

"정말…… 명확한 설명이에요."

아주 젊어 보이는 청년이 램프 불로 꺼진 시가에 다시 불을 붙이려고 힘겹게 애쓰면서 말했다.

"그런데도 그 점이 일반적으로 간과되니 정말 놀랄 일이오."

시간 여행자는 약간 밝은 표정을 띠면서 말을 이었다.

"사실 이것은 4차원을 의도한 것이긴 하나, 4차원에 관해서 말하는 일부 사람들은 그 의미를 제대로 알지 못하오. 4차원은 시간을 다른 관점에서 바라본 것일 뿐이오. 시간과 다른 공간의 세 가지 차원 간에는 우리의 의식이 시간 차원을 따라 움직인다는 점을 제외하고는 사실 아무런 차이가 없소. 그러나 일부 어리석은 사람들은 이 개념에 관해 잘못된 생각만을 갖고 있소. 여러분 모두는 사람들이 4차원에 대해 뭐라고 말하는지 들어본 적이 있소?"

"난 들어본 적이 없소."

시장이 말했다.

"사람들이 하는 말을 간단히 말하면 이렇소. 수학자들이 생각하듯 공간은 세 가지 차원, 즉 길이, 폭, 두께를 갖고 있으며, 서로 제 각각 직각을 이루는 평면 세 개로 항상 결정된다는 것이오. 하지만 철학자들 중 일부는 '왜 특별히 세 가지 차원만을 생각하는 가?', '왜 다른 세 가지 차원과 직각을 이루는 또 하나의 방향을 생각하지 않는가?'라는 의문을 제기해왔소. 그들은 그런 의문의 제기와 함께 4차원 기하학을 구성하고자 했소. 불과 한 달 전쯤에 사이먼 뉴컴* 교수는 뉴욕수학협회에 이 문제를 상세히 설명했소. 여러분도 잘 알다

---

* 1835~1909, 미국의 천문학자

시피, 우리는 두 가지 차원만을 가지는 평면 위에 3차원 입체 도형을 그릴 수 있지 않소? 이와 마찬가지로 그들은 3차원적 방법을 통해 4차원 도형을 그릴 수 있다고 생각하는 것이오. 사물의 총체적인 관점에 정통할 수 있다면 말이오. 알겠소?"

"알 것 같소."

시장이 중얼거렸다. 그러곤 이마에 주름살을 만들면서 깊은 생각에 잠긴 채 마치 주문이라도 외듯이 입술을 움찔거렸다.

"그렇소, 이제 알 것 같소."

잠시 후 얼굴이 일순간 밝아지며 시장이 말했다.

"좋소. 솔직히 말하겠소만 실은 난 한동안 4차원 기하학을 공부해왔소. 내 연구 결과 중에는 기묘한 것도 있소. 예컨대, 여기에 어떤 사람의 여덟 살 때 초상화와 함께 열다섯 살, 열일곱 살, 스물세 살 등 여러 나이 때의 초상화가 있다고 생각해봅시다. 이 모든 초상화는 말하자면 일정한 불변의 4차원 존재의 단면, 즉 그런 4차원 존재의 3차원적 표현이오."

"과학자들은," 시간 여행자는 자신이 한 말을 사람들이 충분히 소화할 수 있도록 잠시 쉬었다가 말을 이었다. "시간이 공간의 한 종류일 뿐이라는 것을 잘 알고 있소. 여기 이해하기 쉬운 과학적 도표, 기상도가 있소. 내 손가락으로 짚어가는 이 선은 기압계의 움직임을 보여주고 있소. 어제 낮에는 꽤 높았는데, 밤에는 뚝 떨어졌다가 오늘 아침에 다시 올라갔고, 이제 천천히 여기까지 올라왔소. 물론 기압계의 수은은 일반적으로 인정되는 공간의 어느 차원에서나 이런 선을 그리지는 않잖소? 그러나 분명히 수은은 이런 선을 그렸소. 따라서 우리는 이 선이 시간의 차원을 따라 움직였다고 결론을 내릴 수밖에 없소."

의사가 불길에 휩싸인 석탄을 뚫어지게 바라보며 말했다.

"하지만 시간이 실은 공간의 네 번째 차원일 뿐이라면, 왜 여타의 것들과는 다른 것으로 여겨지고 또 그렇게 항상 여겨져왔겠소? 그리고 우리는 공간의 다른 세 차원 내에서는 자유로이 움직일 수 있는데, 왜 시간 차원 속에서는 자유로이 움직일 수 없는 것이오?"

시간 여행자가 웃었다.

"우리가 공간 내에서 자유롭게 움직일 수 있다고 확신하오? 우리는 오른쪽과 왼쪽 또는 뒤쪽과 앞쪽으로 아주 자유롭게 이동할 수 있소. 사람들은 항상 그런 식으로 움직이오. 그 점에서 나는 2차원 내에서 자유롭게 움직일 수 있다는 걸 인정하오. 하지만 위나 아래로는 어떻소? 중력이 우리를 제한하고 있소."

"꼭 그렇다고는 할 수 없소. 기구가 있잖소."

의사가 말했다.

"하지만 기구가 발명되기 전에는 순간적으로 뛰어오르거나 기복이 있는 지면을 움직일 때를 제외하면 사람들은 수직 방향으로는 자유롭게 움직일 수 없었소."

"그래도 조금이라도 위아래로 움직일 수 있었잖소?"

의사가 말했다.

“올라가기보다는 내려오는 편이 쉽소. 한결 쉽소.”

“하지만 당신은 시간 속에서는 전혀 움직일 수 없소. 당신은 현재의 순간에서 벗어날 수 없소.”

“이보시오, 선생, 바로 그게 당신이 잘못 생각하는 점이오. 세상 사람들이 잘못 생각하는 것이 바로 그 점이오. 우리는 항상 현재의 운동에서 벗어나고 있소. 비물질적이고 차원을 가지지 않은 우리의 의식은 일정한 속도로 시간 차원을 따라 요람에서 무덤까지 움직이는 것이오. 그것은 마치 우리의 삶이 지상 80킬로미터 지점에서 시작됐다면, 우리는 밑으로 떨어져 내릴 수밖에 없는 것과 같소.”

“하지만 가장 큰 난점은 공간에서는 어느 방향으로나 움직일 수 있지만 시간 속에서는 움직일 수 없다는 점이오.”

심리학자의 반박이었다.

“내 위대한 발명은 바로 그런 의문에서 비롯되었소. 우리가 시간 속에서 움직일 수 없다는 당신의 말은 틀렸소. 예컨대, 내가 과거의 어떤 사건을 매우 생생하게 머릿속에 떠올린다면 나는 바로 그 일이 일어난 순간으로 되돌아가는 것이오. 그때 난 이른바 넋 나간 상태가 되는 것이오. 난 잠시 동안 과거의 한 시점에 뛰어든 것이오. 물론 짧은 시간이라도 그 과거에 머물러 있을 방법은 없소. 야만인이나 동물이 지면에서 2미터 높이에 머물러 있을 방법이 없는 것과 마찬가지로 말이오. 하지만 문명인은 그런 점에서 야만인보다 훨씬 더 뛰어나오. 문명인은 기구를 타면 중력을 이기고 위로 올라갈 수 있소. 그렇다면 궁극적으로 시간의 차원을 따라 어느 시점에 멈추거나 이동 속도를 가속화하거나 심지어 방향을 바꿔 반대 방향으로 여행할 수 있으리라 기대하지 못할 이유가 있겠소?"

"아아, 이건 정말 말이 안 돼……."

필비가 말을 꺼내기 시작했다.

"왜 말이 안 된다는 거요?"

시간 여행자가 말했다.

"이치에 맞지 않소."

"어떤 이치 말이오?"

시간 여행자가 말했다.

"당신은 검은 것을 하얗다고 논증해 보일 수야 있을 테지만 결코 날 납득시킬 수는 없을 것이오."

필비가 말했다.

"아마 그럴 것이오. 하지만 이제 당신은 내가 4차원 기하학을 연구한 목적을 이해하기 시작한 것이오. 오래전부터 난 어떤 기계를 어렴풋이 구상해왔소. 그 기계란……."

시간 여행자가 말했다.

"시간 여행을 하는 기계군요!"

젊은 청년이 외쳤다.

"운전자 마음대로 공간과 시간을 어느 방향으로나 자유롭게 여행할 수 있는 기계라네."

시간 여행자의 이 말에 필비는 웃음으로 대꾸했다.

"난 실험적으로 증명했소."

시간 여행자가 말했다.

"역사가에겐 아주 편리하겠소. 과거로 여행을 떠나, 예컨대 헤이스팅스 전투*의 역사적 기록이 정확한지 확인해볼 수 있을 테니!"

심리학자가 말했다.

"당신은 사람들의 시선을 끌지 않겠소? 우리 조상들은 그 시대에 맞지 않는 것에 너그럽지 못하오."

의사가 말했다.

"호메로스와 플라톤에게서 직접 그리스어를 배울 수도 있겠군요."

젊은 청년의 생각이었다.

"그자들에게서 배워봤자, 그 지식으로는 학위 예비 시험도 통과하지 못할 거요. 현재의 그리스어는 독일 학자들이 크게 발전시킨 것이니 말이오."

"미래로도 갈 수 있겠군요. 한번 생각해보세요! 전 재산을 투자해서 이자가 붙게 해놓고는 재빨리 미래로 가는 겁니다!"

---

* 1066년 10월 14일 잉글랜드 남동부 헤이스팅스에서 노르망디 공국의 윌리엄과 잉글랜드 국왕 해럴드의 군대가 싸워 노르망디군이 승리했다.

젊은 청년이 말했다.

"엄격한 공산주의 원칙에 따라 세워진 사회를 보게 될지도 모르네."

내가 말했다.

"이런, 정말 엉뚱하고 터무니없는 이론이오!"

심리학자가 입을 열었다.

"그렇소. 내가 생각하기에도 정말 그렇소. 그래서 지금까지 난 입 다물고 있었던 건데……."

"실험적 증거가 있다고 했잖소! 그럼 당신은 그걸 증명해 보이겠소?"

내가 외쳤다.

"실험이라니!"

이미 머리가 지근지근해진 필비가 외쳤다.

"아무튼 당신의 실험을 봅시다. 속임수일 테지만 말이오."

심리학자가 말했다.

시간 여행자는 웃으며 우리를 둘러보았다. 그러곤 여전히 희미하게 웃으며, 양손을 바지 주머니에 깊숙이 찔러 넣고는 천천히 방에서 걸어 나갔다. 그러자 곧 연구실로 통하는 긴 복도를 슬리퍼를 끌며 걸어가는 소리가 들렸다.

심리학자가 우리를 쳐다보았다.

"도대체 뭘 보여주려는 거지?"

"교묘한 속임수 따위일 거요."

의사가 말했다.

그러자 필비가 버슬렘에서 보았다는 마술사에 관한 이야기를 하려 했다. 하지만 그가 이야기 서두를 채 끝내기도 전에 시간 여행자가 돌아왔고 결국 필비의 이야기도 중단되고 말았다.

시간 여행자가 손에 든 것은 번쩍이는 금속 구조물로 작은 탁상시계만 한 크기였는데, 매우 정교했다. 그 물체 안쪽에는 상아와 투명한 수정이 있었다. 이제 나는 분명히 말해야 할 것 같다. 시간 여행자의 설명을 사실로 인정하지 않는다면 지금부터 일어난 일은 도저히 설명할 수 없기 때문이다. 시간 여행자는 방 안 여기저기에 어지럽게 놓인 작은 팔각형 테이블 중 하나를 가져오더니 난로 앞에 놓았다. 테이블의 다리 두 개가 난로 깔개 위에 놓였다. 그는 이 테이블 위에 그 기계 장치를 내려놓았다. 그러고 나서 의자를 끌어당겨 앉았다. 테이블에 놓인 다른 물건이라고는 갓이 달린 작은 램프뿐이었는데, 그것에서 뿜어져 나오는 밝은 빛이 모형 기계를 비추었다. 주위에는 촛불이 열두어 개 있었다. 벽난로 선반 위에 있는 청동 촛대에서 촛불 두 개가, 그리고 벽에 붙은 촛대에서 촛불 여러 개가 타올라 방 안은 아주 환했다. 나는 난로에서 가장 가까이 있던 높이가 낮은 안락의자를 끌어당겨 시간 여행자와 난로 사이에 놓고 앉았다. 필비는 시간 여행자의 뒤쪽에 앉아 어깨 너머로 들여다보았다. 의사와 시장은 오른쪽에서, 심리학자는 왼쪽에서 시간 여행자의 옆모습을 바라보았다. 젊은 청년은 심리학자 뒤에 서 있었다. 우리 모두는 신경을 곤두세우고 있었다. 이런 상황에서는 아무리 정교하고 교묘하게 고안한 속임수라 하더라도 통할 수 없을 것이다.

시간 여행자는 우리를 바라보고 나서 기계 장치를 바라보았다.

"자, 그럼?"

심리학자가 입을 열었다.

"이 작은 기계는" 시간 여행자가 양 팔꿈치를 테이블 위에 대고는 그 기계 장치 위로 깍지를 끼며 입을 열었다. "모형일 뿐이오. 난 이 기계로 시간 여행을 할 계획이오. 여러분도 주목했을 테지만 이 기계는 묘하게 일그러졌소. 이 가로막대 언저리에선 반짝거리는 이상한 모습이 보일 것이오. 아마 다소 비현실적으로 것으로 보일 거요."

그는 손가락으로 그 부분을 가리켰다.

"여기에는 작은 하얀 레버가 하나 있고, 여기에도 하나가 있소."

의사가 의자에서 일어나 그 기계를 유심히 바라보았다.

"정말, 멋지게 만들었군."

그가 말했다.

"2년 걸려 완성했소."

시간 여행자가 대답했다.

순간 우리는 의사처럼 자리에서 일어나 그 기계를 유심히 바라보았다. 시간 여행자가 다시 말문을 열었다.

"자, 여러분 잘 알아두시오. 이 레버를 누르면 이 기계는 미래를 향해 활주할 것이고 이 반대쪽 레버를 누르면 과거로 향하게 될 것이오. 이 좌석은 시간 여행자가 앉을 자리요. 곧 이 레버를 누르겠소. 그러면 기계는 사라지고 말 거요. 사라진 기계는 미래로 날아가 보이지 않게 될 것이오. 자, 이 기계를 잘 보시오. 테이블도 잘 보시오. 그럼 속임수가 없다는 걸 확신하게 될 거요. 난 이 모형을 잃어버리고 싶지도, 사기꾼이라는 소리를 듣고 싶지도 않소."

일순간 침묵이 이어졌다. 심리학자는 내게 말을 하려다가 그만두었다. 어느 순간 시간 여행자는 레버 쪽으로 손가락을 내밀었다.

"아니지."

그가 갑자기 말을 내뱉었다.

"당신의 손을 빌려주시오."

시간 여행자가 심리학자를 돌아보며 그의 손을 잡고는 집게손가락을 내밀라고 말했다. 그리해서 모형 타임머신의 끝없는 여행을 출발시킨 사람은 바로 심리학자가 되었다. 우리는 모두 레버가 작동하는 것을 지켜보았다. 분명히 속임수는 없어 보였다. 한 점 바람이 일었고 램프 불꽃이 흔들렸다. 벽난로 선반 위의 촛불 하나가 꺼지고, 작은 기계가 갑자기 회전하기 시작하더니 점차 그 형체가 희미해져갔다. 일순간 유령, 또는 희미하게 빛나는 황동과 상아의 소용돌이처럼 보이더니 사라져버렸다! 테이블 위에는 램프 이외에 아무것도 존재하지 않았다. 모든 사람이 잠시 동안 말문을 열지 못했다. 이윽고 필비가 정말 놀라운 일이라고 말했다.

심리학자는 넋 나간 상태에서 깨어나더니 갑자기 테이블 밑을 살펴보았다. 그러자 시간 여행자가 갑자기 유쾌한 듯이 웃었다.

"자, 그럼?"

시간 여행자가 조금 전에 심리학자가 한 말을 상기시키는 어투로 말했다. 그러고 나서 그는 자리에서 일어나 담배통이 놓인 벽난로의 선반 쪽으로 다가갔다. 그는 우리에게 등을 돌리고는 파이프에 담배를 채우기 시작했다.

우리는 서로의 얼굴을 쳐다보았다.

"이보시오! 당신, 정말로 이걸 믿는 거요? 그 기계가 시간 여행을 떠났다고 정말로 믿는 것이오?"

의사가 말했다.

"물론이오."

시간 여행자가 허리를 굽혀 불쏘시개를 난롯불에 붙여 불을 당기며 말했다. 그러곤 파이프에 불을 붙이며 돌아서서 심리학자의 얼굴을 쳐다보았다. (심리학자는 애써 태연한 척하려 시가를 피우려는 듯 꺼냈지만, 끝을 잘라내지도 않은 채 불을 붙이려 했다.)

"게다가 저곳에 커다란 기계가 거의 완성 단계에 있소."

그는 연구소 쪽을 가리켰다.

"완성이 되면 내가 직접 시간 여행을 해볼 생각이오."

"당신 말은 그 기계가 미래로 여행을 떠났다는 뜻이오?"

필비가 물었다.

“미래거나 과거일 거요. 정확히 어느 쪽으로 떠났는지는 모르오.”

잠시 후에 심리학자가 좋은 생각이 떠오른 듯 입을 열었다.

“그 기계가 어딘가로 시간 여행을 떠났다면, 분명 과거로 갔을 것이오.”

“어떤 이유로?”

시간 여행자가 물었다.

“그 기계가 공간 이동은 하지 않았을 테니, 미래로 여행을 떠났다면 여기에 여전히 존재해야 할 것이오. 분명 현재의 시간을 통해 미래로 가야 할 테니까 말이오.”

“하지만, 과거로 여행을 떠났다면 우리가 처음에 이 방에 들어섰을 때 그 기계가 보였어야 할 것이오. 그리고 지난주 목요일과 지지난 주 목요일과 그 앞 주 목요일에 우리가 여기 왔을 때도 보였어야 할 거요!”

내가 말했다.

“중대한 반론이로군.”

시장이 시간 여행자 쪽으로 몸을 돌리고는 공정한 심판관의 태도를 보이며 말했다.

“그렇지 않소.”

시간 여행자는 말했다. 그러곤 심리학자를 향해 말을 꺼냈다.

“한번 생각해보시오. 당신이 그걸 설명할 수 있을 거요. 당신도 알다시피, 그것은 역치* 이하의 표상, 즉 너무 미약한 표상 때문이오."

"물론이오."

심리학자가 말하고는 우리에게 시간 여행자의 말의 진실성을 보증해주며 말을 이었다.

"심리학에서 역치는 간단한 개념이오. 나도 그 점을 생각했어야 했는데. 역치는 아주 쉽게 알 수 있는 것이며, 그 현상으로 앞서의 모순적인 주장을 명쾌히 해결할 수 있을 것이오. 우리는 그 기계를 볼 수도 인식할 수도 없소. 돌아가는 수레바퀴의 살이나 허공을 날아가는 총알을 볼 수 없는 것처럼 말이오. 그 기계가 우리보다 50배 또는 100배 더 빠른 속도로 시간 여행을 한다면, 다시 말해서 우리의 1초에 해당되는 시간에 1분의 시간 여행을 하게 된다면 우리가 그 기계에 느낄 수 있는 인상은 당연히 시간 여행을 하지 않을 때 느낄 수 있는 인상에 비해 50분의 1 또는 100분의 1에 불과할 것이오. 아주 명확한 사실이오."

그는 기계가 놓였던 공간에서 손을 이리저리 흔들어보았다.

"알겠소?"

그가 웃으며 말했다.

우리는 자리에 앉은 채 잠시 빈 테이블을 응시했다. 마침내 시간

---

* 閾値, 생물의 감각에 반응을 일으키게 하는 최소한의 자극 강도

여행자가 우리에게 그 사실을 어떻게 생각하느냐고 물었다.

"지금 이 밤에는 그럴듯하게 들리오. 하지만 내일 아침까지 기다려봐야겠소. 내일 아침, 제정신이 들 때까지 말이오."

의사가 말했다.

"진짜 타임머신을 보지 않겠소?"

시간 여행자가 물었다. 그렇게 말하면서 그는 손에 램프를 들고 바람이 들어오는 긴 복도를 지나 그의 연구실로 우리를 데리고 갔다. 흔들리는 불빛, 윤곽으로만 보이던 그의 괴상하게 생긴 커다란 머리, 그리고 춤추는 그림자들. 나는 이 모든 것을 지금도 생생히 기억한다. 또한 우리가 혼란스러우면서 회의적인 마음으로 어떻게 그를 따라갔는지, 우리 눈앞에서 사라졌던 작은 기계 장치보다 훨씬 더 큰 똑같은 모양의 기계가 실험실에 놓인 모습을 어떻게 보았는지를 생생히 기억한다. 그 기계의 일부는 니켈이나 상아로 되었고, 또 다른 부분은 수정을 줄로 다듬거나 톱으로 켜서 연마한 것이었다. 기계는 거의 다 완성되었지만 뒤틀린 모양의 수정 막대들은 완성되지 않은 상태로 긴 의자에 놓여 있었다. 그리고 바로 그 옆에는 도면 몇 장이 있었다. 나는 수정 막대 하나를 집어 들고 자세히 살펴보았다. 석영처럼 보였다.

"이보시오. 설마 농담하는 거 아니지요? 혹 이것도 속임수 아니오? 지난 크리스마스 때 보여준 유령처럼 말이오."

의사가 말했다.

“저 기계를 타고…….”

시간 여행자는 램프를 높이 쳐들며 말했다.

“난 시간 여행을 할 생각이오. 알겠소? 난 지금까지 살아오면서 이렇게 진지해본 적이 없소.”

우리 모두는 어떻게 이해해야 할지 몰랐다.

나는 의사의 어깨너머로 필비의 시선과 마주쳤다. 그는 진지한 표정으로 내게 한쪽 눈을 찡긋해 보였다.

2

그 당시에는 우리 중 어느 누구도 타임머신을 믿지 않았다고 생각한다. 사실 시간 여행자는 너무 영리해서 신뢰가 가지 않는 사람들의 부류에 속하는 자였다. 결코 그에 관해 모든 것을 알 수는 없으리라는 느낌이 들었다. 항상 숨김없는 그의 솔직함 뒤에 뭔가 이해하기 힘든 속내, 뭔가 교묘한 것이 숨어 있지 않을까 하는 생각이 들었다. 필비가 그 모형을 보여주며 시간 여행자가 말한 문제를 그대로 설명했더라면 우리가 이토록 그에 대해서 회의적인 반응을 보이지는 않았을 것이다. 필비였다면 우리는 그의 동기를 쉽게 알아챘을 것이기 때문이다. 푸줏간 주인이라도 필비의 생각 정도는 쉽게 알아챌 수 있었다. 하지만 시간 여행자의 성품에는 뭔가 종잡을 수 없는 면이 있어, 우리는 그를 신뢰하지 못했다. 그보다 영리하지 못한 사람이 했다면 그저 그럴 만한 것으로 여겨질 일도 그가 할 경우엔, 일종의 속임수처럼 느껴졌다. 어떤 일이든 너무 쉽게 결정짓는 것에는 오류가 따르게 마련이다. 그를 진지하게 받아들이는 사람들도 그의 태도를 확신하지 못했다. 여하튼 그들은 자신들의 명성만을 믿고 그를 제대로 파악할 수 있다고 생각하는 것은 어린아이 방에 깨지기 쉬운 도자기를 갖다놓은 것이나 마찬가지라는 사실을 알았다. 그래서 우리 중 누구도 그날 목요일부터 다음 목요일이 돌아올 때까지 시간 여행에 관해서 별로 많은 이야기를 하지는 않았던 것 같다. 물론 모두 속으로는 거의 언제나 시간 여행의 뜻밖의 가능성에 대한 생각을 품고 있었지만 일이다. 시간 여행의 그럴듯한 가능성, 다시 말해, 정말로 믿기지 않는 엄청난 일, 뜻밖에도 시대착오적인 생각이 일어날 가능성, 그로 인해 일어날 수도 있는 엄청난 혼란 등에 대한 생각이 우리의 머릿속에서 떠나지 않았다. 나 자신은 특히 그 모형이 보여준 환상적인 장면을 머릿속에서 지울 수 없었다. 나는 금요일에 린네협회에서 의사를 만나 그와 이야기를 나누었던 일을 기억한다. 그는 튀빙겐*에서도 그와 비슷한 것을 본 적이 있다고 말하면서 촛불이 꺼졌던 점을 특별히 강조했다. 하지만 그는 어떻게 그런 속임수를 쓴 것인지는 설명하지 못했다.

나는 다음 목요일에 다시 리치먼드로 갔다. 나는 시간 여행자의

---

* 독일 남서부 네카어강 상류에 있는 도시

집을 빈번하게 방문하는 손님 중 한 사람이었을 것이다. 예정 시간보다 늦게 도착해보니 이미 손님 네댓 명이 응접실에 모여 있었다. 의사는 한 손에는 종이 한 장을, 다른 한 손에는 시계를 들고 난로 앞에 서 있었다. 나는 두리번거리며 시간 여행자를 찾았다.

"벌써 7시 반이오. 저녁 식사를 하는 게 좋겠소."

의사가 말했다.

"그 사람은 어디 있는 거요?"

집주인을 거론하며 내가 물었다.

"선생, 이제 왔소? 좀 이상하오. 그는 불가피한 사정으로 늦는 모양이오. 이 종이 쪽지에 7시까지 돌아오지 않으면, 먼저 저녁 식사를 시작하라고 메모를 남겼소. 돌아와서 설명해주겠다는 거요."

"굳이 저녁 식사를 망칠 필요는 없을 듯하오."

어느 유명한 일간지의 편집장이 말했다.

그러자 의사가 벨을 울렸다.

지난번 저녁 식사 때도 참석했던 사람은 의사와 나, 심리학자뿐이었다. 다른 사람들은 방금 언급했던 편집장 블랭크와 한 신문기자, 내가 알지 못하는 또 다른 한 사람이었다. 턱수염을 기른, 처음 보는 그 사람은 조용하고 수줍음이 많았는데, 내가 본 바로는 저녁 내내 한마디도 하지 않았다. 저녁 식사 도중에 시간 여행자가 왜 이렇게 늦는지에 대해서 여러 가지 말들이 오갔다. 나는 농담조로 그가 시간 여행을 떠난 것인지도 모른다고 말했다. 편집장이 그 말이 무슨 뜻인지 설명해주기를 원했다. 그러자 심리학자가 나서서 지난 주 목요일에 우리가 목격한 '교묘한 모순적 주장과 속임수'에 대해 어색하게 설명하기 시작했다. 그가 설명하는 도중에 복도로 난 문이 소리 없이 천천히 열렸다. 나는 문을 마주보고 앉아 있었던 터라 문이 열리는 것을 맨 먼저 보았다.

"이보시오! 드디어 왔소."

내가 말했다.

순간 문이 활짝 열리고, 시간 여행자가 우리 앞에 들어섰다. 나는 깜짝 놀라 소리쳤다.

"맙소사! 대체 어찌 된 일이오?"

나 다음으로 시간 여행자를 본 의사가 외쳤다.

이윽고 테이블에 둘러앉았던 모든 사람이 문 쪽을 바라보았다.

시간 여행자의 꼴이 정말 비참해 보였다. 외투는 먼지와 진흙투성이였고 소매는 녹빛으로 얼룩져 있었다. 그리고 머리카락은 마구 헝클어지고 예전보다 더 하얗게 센 것처럼 보였다. 그것이 먼지와 진흙 때문에 그렇게 보이는 것일 뿐인지 아니면 정말로 하얗게 머리칼이 센 것인지는 알 수 없었다. 안색은 유령처럼 창백했다. 턱에는 갈색의 베인 상처가 나 있었는데, 반쯤 아물었다. 그의 얼굴은 심하게 고생을 한 듯, 무척 야위고 일그러졌다. 그는 불빛에 눈이 부신지 잠시 문가에서 머뭇거렸다. 이윽고 그가 방 안으로 들어섰다. 그는 발을 다쳤는지 절뚝거리며 걸어 들어왔다. 우리는 아무 말없이 그를 바라보며 그가 입을 열기를 기다렸다.

그는 한마디도 없이 고통스러운 표정으로 테이블로 다가오더니 손으로 포도주를 가리켰다. 편집장이 샴페인 잔에 포도주를 채워 건네주었다. 그는 그것을 단숨에 들이켰다. 그제야 기운이 돋는 듯 그는 테이블 주위를 둘러보며 얼굴에 예전과 같은 엷은 웃음을 살짝 지었다.

"이보시오, 도대체 지금까지 뭘 한 거요?"

의사가 물었다.

시간 여행자는 의사의 말을 듣지 못한 것 같았다.

"자, 식사를 계속하시오. 나는 괜찮소."

그가 더듬거리며 말했다.

그는 입을 다물고 포도주를 더 달라고 잔을 내밀었다. 그러곤 잔이 채워지자, 단숨에 들이켰다.

"아, 좋군."

그가 말했다.

그의 두 눈은 점차 반짝이더니 두 뺨에 화색이 돌기 시작했다. 그는 조금 둔감하게 승인을 하는 듯한 표정으로 우리 얼굴을 둘러보았다. 그러곤 따뜻하고 안락한 방을 빙 둘러보았다. 그러고 나서 다시 입을 열었다. 단어 하나하나를 머릿속에서 찾아내기라도 하는 듯 그의 말은 여전히 더듬거리는 소리로 들렸다.

"몸 좀 씻고 옷도 갈아입어야겠소. 그런 후 내려와 모든 걸 설명하겠소……. 저기 양고기 좀 남겨놓으시오. 고기가 너무 먹고 싶소."

시간 여행자는 오랜만에 방문한 편집장을 건너다보며 그동안 잘 지냈기를 바라노라고 말했다. 그러자 편집장이 질문을 하기 시작했다. 이에 시간 여행자는 짤막하게 답변을 했다.

"곧 말해주겠소. 지금은…… 좀 제정신이 아니라서! 하지만 곧 괜찮아질 거요."

그는 잔을 내려놓고 2층으로 통하는 계단이 있는 문으로 걸어갔다. 나는 그가 여전히 절룩거린다는 것을 알아챘다. 그의 발바닥에 패드라도 덧댄 듯 걸을 때마다 부드러운 소리가 났다. 나는 자리에서 일어나 밖으로 나가는 그의 발을 쳐다보았다. 그는 누더기가 되어버린 피투성이 양말 외에는 아무것도 신지 않았다. 순간 그의 등 뒤로 문이 닫혔다. 나는 그를 따라가볼까 하는 생각을 했지만, 문득 그가 조금이라도 간섭받는 것을 무척 싫어하리라는 생각이 들었다. 그런 생각에 나는 그저 한동안 멍하니 공상에 잠겨 있었다. 그때 '한 저명한 과학자의 기이한 행동'이라고 말하는 편집장의 목소리가 들렸다. (늘 하는 습관대로) 그는 신문기사의 헤드라인을 생각해냈던 것이다. 이 말에 나는 주의를 다시 밝은 식탁 쪽으로 돌렸다.

"대체 무슨 일이 있었던 겁니까? 어설픈 거지의 구걸 짓이라도 하고 온 건가요? 정말 알 수 없군요."

신문기자가 말했다.

나는 심리학자와 눈이 마주쳤다. 그의 얼굴 표정에서 나와 똑같은 생각을 읽을 수 있었다. 나는 고통스럽게 절룩거리며 계단을 올라가던 시간 여행자에 대해 생각했다. 심리학자와 나 말고는 아무도 시간 여행자가 다리를 절룩거린다는 사실을 알아차리지 못하는 것 같았다.

현재 방 안에서 감도는 놀라움에서 깨어나 맨 먼저 정신을 차린 사람은 의사였다. 그는 종을 울려 하인— 시간 여행자는 식사 중에 하인이 곁에서 시중드는 것을 몹시 싫어했다— 에게 따뜻한 요리를 가져오라고 했다. 마침내 편집장이 투덜거리며 나이프와 포크를 집어 들었다. 그러자 말이 없던 사람도 그를 따라 나이프와 포크를 집어 들었다. 그렇게 저녁 식사가 이어졌다. 한동안 그들 사이에 오고가는 대화는 간헐적으로 놀라움을 금치 못하는 감탄사뿐이었다. 그러던 중 편집장이 호기심을 참지 못하고 말문을 열었다.

"우리의 친구가 수입이 넉넉지 못해 사기 짓으로 생계를 꾸려가기라도 하는 거요? 아니면 네부카드네자르 왕*과 같은 성향이 있기라도 한 거요?"

"타임머신과 관련된 일 때문일 거요."

나는 대답하고는 지난 모임에서 있었던 일에 대해서 심리학자가

* 신바빌로니아 제국 2대 왕(재위 B. C. 604~562)으로 유대를 멸망시키고 그들을 바빌로니아로 강제 이주시켰다. 주요 업적은 바빌론 재건으로, 요새를 완성·확장했으며, 운하를 파고, 외곽 방벽을 다시 쌓았다. 길을 포장하고 주요 신전을 새로 짓고 단장했다. 유명한 공중정원도 만들었다.

하던 말을 이어서 설명해주었다. 하지만 이 모임에 새롭게 낀 손님들은 도무지 믿으려 하지 않았다.

편집장이 반론을 제기했다.

"그 시간 여행이라는 게 뭐요? 모순적 주장의 사건 속에서 뒹굴며 먼지를 뒤집어쓰는 일은 아닐 텐데 말이오. 안 그렇소?"

그는 또 마음에 어떤 생각이 떠오른 듯 조롱 어린 말을 계속 내뱉었다.

"미래에는 옷솔조차 없는 모양이지?"

신문기자도 전혀 믿으려 하지 않으며 그저 편집장과 함께 가볍게 조롱하는 데만 열을 올렸다. 그들은 신문기자로서는 새로운 타입이었다. 매우 쾌활하지만 무례한 젊은이들이었다.

"내일모레, 특파원 보도입니다."

시간 여행자가 돌아오자 신문기자가 말했다. 아니, 외치듯이 말했다.

시간 여행자는 저녁 평상복을 입었는데, 수척한 얼굴 말고는 조금 전에 나를 깜짝 놀라게 한 색다른 모습은 찾아볼 수 없었다.

편집장이 조금 비꼬는 어투로 말했다.

"이보시오, 이분들 말로는 선생께서 다음 주까지 여행하고 돌아왔다면서요! 꼬마 로즈버리*가 무슨 일을 했는지 전부 들려주겠소?

---

* 1894~1895년에 재임한 영국의 총리

전부 얼마를 부르겠소?"

시간 여행자는 아무 말없이 자신을 위해 마련된 자리에 앉았다. 그는 예전처럼 조용히 웃었다.

"양고기 어디 있소? 다시 포크로 고기를 찔러보게 되다니, 정말 황홀하군!"

그가 말했다.

"이야기 좀 해보시오!"

편집장이 외쳤다.

"이야기는 무슨 놈의 이야기요! 우선 뭐든 배를 채워야겠소. 내 동맥 내에 상당량의 펩톤을 공급하기 전까지는 한마디도 하지 않겠소. 고맙소. 소금도 좀 주시오."

시간 여행자가 말했다.

"한마디면 되오. 시간 여행을 하고 온 거요?"

내가 말했다.

"그렇소."

시간 여행자가 입에 음식을 가득 넣은 채 고개를 끄덕이며 말했다.

"있었던 일을 간단히 글로 써서주시오. 한 줄에 1실링씩 주겠소."

편집장이 말했다. 시간 여행자는 말없는 사나이 쪽으로 잔을 밀더니 손톱으로 잔을 톡톡 쳐서 울렸다. 그러자 시간 여행자의 얼굴을 응시하던 그 사나이는 흠칫하며 포도주를 따라주었다. 그때부터 남은 저녁 식사 시간 내내 불편함이 느껴졌다. 갑자기 여러 질문들이 혀끝에서 맴돌았는데, 다른 사람들도 그런 것 같아 보였다. 신문기자는 긴장된 분위기를 누그러뜨리려고 헤티 포터에 관한 일화를 말했다. 시간 여행자는 식사에만 온 정신을 쏟았다. 그는 마치 굶주린 걸인처럼 엄청난 식욕을 과시했다. 의사는 담배를 피우며 실눈을 뜨고 시간 여행자를 바라보았다. 말없는 사나이는 더욱더 어색해 보였다. 그는 조금 마음이 불안한 듯 계속해서 규칙적으로 샴페인을 단숨에 들이켰다. 마침내 시간 여행자는 음식 접시를 밀어내고는 우리를 둘러보았다.

"미안하게 됐소. 배고파 죽을 지경이었소. 정말 놀라운 일을 경험했소."

그가 말했다.

그는 손을 뻗어 시가를 집어 들고 끝을 잘라냈다.

"하지만 우선 흡연실로 갑시다. 기름기 있는 접시 앞에서 하기에는 너무 긴 이야기요."

그는 일어나면서 벨을 울리고는 우리를 데리고 옆방으로 향했다.

"브랭크와 대쉬, 초즈 씨에게 타임머신에 관해 이야기해주었소?"

그는 안락의자에 기대앉더니 새로운 손님 세 명의 이름을 거론하면서 내게 말했다.

"하지만 그 이야기는 모순적인 주장에 지나지 않소."

편집장이 말했다.

"오늘 저녁만큼은 언쟁을 할 수 없을 것 같소. 나는 기꺼이 이야기를 들려주겠지만 언쟁은 사양할 수밖에 없을 것 같소."

그가 말을 계속 이었다.

"당신들이 원한다면 내가 겪은 이야기를 들려주겠소. 하지만 도중에 내 말에 끼어들지는 말아주시오. 실은 나도 내가 겪은 일을 들려주고 싶어 미칠 지경이오. 내가 들려줄 이야기 대부분은 거짓말처럼 들릴 거요. 그러면 그렇게 들으시오! 하지만 이제부터 내가 할 모든 말은 하나도 빠짐없이 진실이오. 나는 4시에 연구실에 있었소. 그리고 그때 이후로…… 8일 지났소……. 그동안 나는 지금까지 어떤 사람도 경험해본 적이 없는 일을 경험했소. 난 지금 녹초가 되었지만 내가 겪은 일들을 여러분에게 들려주기 전에는 잠들지 못할 것 같소. 꼭 얘기를 마치고 나서 자겠소. 하지만 부디 중간에 끼어들지 말아주시오! 모두 동의하겠소?"

"알겠소."

편집장이 말했다.

그리고 나머지 사람들도 편집장의 말을 따라 "알겠소"라고 말했다.

그러자 시간 여행자는 내가 앞으로 밝힐 이야기를 들려주기 시작했다. 그는 처음엔 안락의자에 등을 기대고 앉아 지친 사람처럼 말했다. 하지만 이야기를 시작하고 조금 지나자, 그의 말은 점차 활기를 띠기 시작했다. 나는 지금 시간 여행자가 들려준 이야기를 쓰면서 그 현실감을 표현하는 데 펜과 잉크의 한계를 절실히 느낀다. 무엇보다도 나 자신의 글 쓰는 능력의 한계를 뼈저리게 느낀다. 아마 여러분은 아주 주의 깊게 읽겠지만 작은 램프의 환한 불빛 안에 있는 화자의 창백하고 진지한 얼굴을 볼 수도 없고 그의 목소리의 억양을 들을 수도 없다. 여러분은 그가 이야기를 전환하면서 그의 얼굴에 생기는 표정 변화를 알 수도 없다! 이야기를 듣는 우리 대부분은 흡연실에 촛불을 켜놓지 않았기 때문에 어둠에 잠겨 있었다. 단지 신문기자의 얼굴과 말없는 사나이의 무릎 아래쪽 다리만이 불빛을 받았다. 처음에 우리는 이따금씩 서로의 얼굴을 흘끗거리며 쳐다보았다. 하지만 얼마 시간이 지나자 서로의 얼굴을 쳐다보는 것을 그만두고 시간 여행자의 얼굴만을 쳐다보게 되었다.

3

지난 목요일, 나는 여러분 중 몇 사람에게 타임머신의 원리에 대해 들려주었고 연구실에 있던 미처 완성되지 않은 실제 타임머신도 보여주었다. 그 타임머신은 지금도 그 자리에 있지만 시간 여행으로 조금 파손되었다. 상아 막대 중 하나는 금이 갔고, 황동 난간은 구부러졌다. 하지만 나머지는 아무런 이상이 없다. 난 타임머신을 지난 금요일에 완성할 것으로 예상했지만 그날 조립이 거의 끝나갈 무렵에 니켈 막대들 중 하나가 정확히 1인치 짧은 것을 발견하고 다시 만들어야 했다. 그래서 오늘 아침에야 타임머신을 완성할 수 있었다. 최초의 타임머신의 첫 출발은 오늘 아침 10시였다. 마지막 점검을 하면서 모든 나사못을 다시 한번 확인하고 석영 막대에 기름칠을 한 방울 더 하고 좌석에 앉았다. 그 순간 어떤 일이 일어날까 하는 불안감이 엄습했는데, 그것은 마치 자살하려는 사람이 권총을 머리에 댔을 때 느끼는 불안감과 똑같았다. 나는 한 손을 출발 레버에, 다른 손을 정지 레버에 올려놓고는, 먼저 출발 레버를 누르고 곧바로 정지 레버를 눌렀다. 갑자기 현기증이 났다. 떨어지는 악몽을 꾸는 기분이 들었다. 주위를 둘러보니, 연구실은 전과 다름없어 보였다. 대체 어찌 된 일이지? 잠시 내 두뇌가 착각을 일으킨 것은 아닐까 하는 생각을 했다. 순간 시계를 확인했다. 조금 전만해도 10시 1분쯤 되었는데 지금은 거의 3시 반이 되어 있지 않은가!

나는 숨을 들이마시고 이를 악물면서 두 손으로 작동 레버를 꽉 붙잡고 힘껏 눌렀다. 연구실이 안개가 낀 듯 흐릿해지는가 싶더니 어두워졌다. 워쳇 부인이 걸어 들어와 정원 문 쪽으로 걸어갔는데, 내 모습을 보지 못한 게 분명했다. 그녀가 방을 가로질러 가는 데 1분 정도 걸렸을 테지만, 내 눈에는 로켓처럼 빠르게 지나갔다. 나는 레버를 최대 위치까지 눌렀다. 마치 램프 불을 꺼버린 것처럼 밤이 찾아왔다. 그러곤 다음 순간에 내일이 되었다. 연구실은 흐릿하고 희미해지더니 점점 더 희미해져갔다. 어두워지며 내일 밤이 되는가 싶더니 어느새 다시 낮이 되고 이어 밤이 되고 또 다시 낮이 됐다. 그 변화 속도는 점점 더 빨라졌다. 소용돌이치는 듯한 윙윙거리는 소리가 귀청을 울렸고 말로 표현할 수 없는 기묘한 혼란이 내 마음을 파고들었다.

유감스럽지만, 나는 시간 여행 시에 경험하는 묘한 느낌을 제대로 표현할 수 없다. 극도로 불쾌한 느낌이었다. 롤러코스터를 타고 무력하게 곤두박질칠 때의 느낌과 똑같았다! 당장에라도 무언가와 부딪치지 않을까 하는 마음에 엄청난 두려움을 느끼기도 했다. 타임머신의 속도를 높이자, 검은 날개가 퍼덕이는 것처럼 낮과 밤이 번갈아 빠르게 이어졌다. 어렴풋이 보이던 연구실이 마침내 눈 앞에서 사라지고 태양이 날렵하게 하늘을 가로질러 비행하는 모습이 보였다. 1분마다 하늘로 태양이 도약하는 게 보였는데, 그것으로 미루어보아 1분이 하루임을 알 수 있었다. 연구실은 파괴되어버린 듯했고 나는 탁 트인 공중에 도약한 것만 같았다. 내 눈에 언뜻 건설 현장의 비계가 보인 듯했지만 움직이는 것은 무엇이든 이미 너무 빠르게 움직여서 알아볼 수가 없었다. 기어다니는 가장 느린 달팽이조차도 엄청난 속도로 내 눈앞을 스쳐갔다. 어둠과 빛이 순식간에 서로 교차되었기 때문에 눈이 몹시 아팠다. 어느 순간, 어둠이 찾아올 때 현(弦)을 거치며 초승달에서 보름달로 빠르게 변해가는 달이 보였다. 그리고 회전 운동을 하는 별들이 어렴풋이 보였다. 곧 속도를 계속 높이자, 밤과 낮의 고동은 서로 합체되어 연속적인 회색빛으로 변했다. 하늘은 놀랍게도 짙은 푸른색, 새벽 여명처럼 눈부시게 빛나는 색깔로 변했다. 빠르게 움직이던 태양은 하나의 불줄기가 되어 공간에 찬란하게 빛나는 아치를 그렸다. 그리고 달은 위아래로 희미하게 진동하는 띠 모양을 형성했다. 별들은 전혀 보이지 않았고 다만 때때로 푸른 하늘에 깜박이는 밝은 원형이 보일 뿐이었다.

주위 풍경은 안개가 낀 것처럼 희뿌옇게 변했다. 나는 아직도 이 집이 서 있는 언덕 중턱에 있었고, 내 머리 위로는 흐릿하게 보이는 회색 산마루가 솟아 있었다. 내 눈앞에서 나무들이 수증기가 뿜어 나오듯이 자라나 순간순간 갈색으로, 녹색으로 변해갔다. 나무들은 자라나 가지를 내뻗고 와들와들 흔들리다가 사라져갔다. 거대한 건물들이 희미하게 우뚝 솟아오르는가 싶더니 꿈처럼 사라져갔다. 지표면이 전부 변한 것 같았다. 내 눈앞에서 녹아 흘러내리는 것만 같아 보였다. 속도를 표시해주는 계기판 위의 작은 바늘이 더욱더 빨리 회전했다. 곧 나는 태양의 띠가 1분 내에 지점*에서 지점까지 위아래로 흔들리는 것을 주목했다. 그것을 통해 결국 타임머신은 1분에 1년이 넘는 속도로 시간 여행을 하고 있음을 알았다. 1분마다 반짝이는 하얀 눈은 세상을 뒤덮었다가 사라지고 이어서 화창한 초록빛의 봄이 잠시 왔다가 사라지곤 했다.

이제 출발 당시에 느꼈던 불쾌감은 꽤 누그러졌다. 그러곤 별안간 일종의 히스테리성 흥분 상태에 빠져들었다. 기계가 비정상적으로 흔들리는 것을 감지했지만, 그 이유는 알 수 없었다. 하지만 마음이 너무나 혼란스러웠기에 신경 쓰지 않았다. 그저 나를 사로잡았던 일종의 광기가 점점 심해지는 가운데 미래를 향해 날아갔다. 처

* 至點, 태양이 적도에서 북 또는 남으로 가장 멀어졌을 때

음에는 멈출 생각은 거의 하지 않았다. 그저 내 마음을 사로잡는 새로운 기분에만 젖어 있었다. 하지만 곧 또 다른 새로운 감정—호기심을 동반한 두려움—이 마음속에서 일었다. 그리고 마침내 그 두 가지 감정은 내 마음을 완전히 사로잡았다. 나는 생각했다. '내 눈앞을 질주하며 요동치며 스쳐가는 알 수 없는 흐릿한 세상을 겨우 보았다. 내가 미처 보지 못했을 세상은 어떨까! 우리의 초보적인 문명 위에 인류는 얼마나 놀라운 발전을, 얼마나 경이로운 진보를 했을까!' 내 주위에 거대하고 화려한 건물이 솟아났다. 그것은 현대의 어떤 건물보다도 거대했지만 마치 가물거리는 빛과 안개로 지어진 듯이 보였다. 짙은 초록빛이 아래에서 시작해 위로 번져가며 언덕을 점령하더니 중간에 끼어드는 겨울 없이 계속해서 초록빛이 그대로 지속되었다. 정신이 몹시 혼란스러웠지만, 대지는 매우 아름답게 보였다. 그래서 나는 타임머신을 멈춰야겠다고 생각했다.

특별한 위험이 있을 수 있었다. 나와 이 기계가 차지하는 공간에 다른 물체가 있을 가능성이 있었다. 빠른 속도로 시간 여행을 하는 동안에는 거의 문제될 게 없다. 말하자면, 내 몸이 희석되어 가로막고 선 물체의 빈틈 속으로 수증기처럼 빠져나갈 수 있었던 것이다! 하지만 타임머신을 멈추면 내 몸의 분자는 타임머신이 차지하는 공간을 타임머신보다 앞서 차지한 물체의 분자와 충돌을 일으키고 말 것이다. 그렇게 되면 내 몸을 구성하는 원자들이 방해 물체의 원자들과 극도로 밀착하게 되면서 커다란 화학적 반응—아마도 엄청난 폭발—이 일어나, 결국 내 몸과 타임머신은 모든 차원에서 미지의 세계로 날아가고 말 것이다. 그러한 위험 가능성은 타임머신을 만들던 동안에도 여러 번 머릿속에 떠오르곤 했다. 하지만 그때의 상황에서는 어쩔 수 없이 감수해야 할 위험으로 기꺼이 받아들였다. 사나이라면 능히 감수해야 할 위험이라고 생각했던 것이다! 지금 바로 그런 위험을 피할 수 없게 된 것이다. 하지만 이런 상황에서 사태를 낙관적으로만 볼 수 없었다. 사실 모든 것이 경험해본 적이 없는 아주 낯선 것이었고, 기계는 비정상적으로 삐걱거리며 흔들렸고 무엇보다도 끝을 알 수 없는 세계로 곤두박질치는 듯한 기분 때문에 정말 제정신이 아니었다. 타임머신을 결코 멈출 수 없으리라는 생각이 들자, 순간적으로 분노가 치밀어 도리어 당장 멈추기로 마음먹었다. 나는 성마른 바보처럼 레버를 힘껏 끌어당겼다. 그러자 타임머신은 격렬하게 요동쳤고, 그 바람에 나는 공중으로 머리부터 튕겨나가고 말았다.

벼락 치는 소리가 내 귓전에 울렸다. 잠시 정신을 잃었는지도 모른다. 정신을 차리고 보니, 주위에 무자비한 우박이 쉬익 소리를 내며 거세게 내리고 있었다. 나는 뒤집힌 타임머신 앞에 펼쳐진 보드라운 잔디밭에 주저앉았다. 모든 것이 아직도 회색으로 보이는 듯했지만 이내 귓전에 울리던 혼란스러운 소리는 사라졌다는 걸 알게 됐다. 주위를 둘러보았다. 내가 있는 곳은 철쭉나무 덤불로 둘러싸인 정원 안의 작은 잔디밭으로 보였다. 연한 자줏빛 철쭉이 우박에 맞아 소나기처럼 떨어지는 모습이 눈에 들어왔다. 다시 튀어오르며 춤추는 우박이 타임머신 위로 구름처럼 걸리거나 땅바닥에 떨어져 몰아치는 바람에 연기처럼 휘날리는 듯 보였다. 나는 금세 흠뻑 젖고 말았다.

"멋진 환대로군."

내 입에서 튀어나온 말이었다.

"그대를 만나러 무수한 세월을 거쳐 이렇게 찾아온 손님을 말이다."

곧 이렇게 온몸이 젖도록 우박을 맞고 있는 꼴이 정말 바보 같다는 생각이 들었다. 나는 자리에서 일어나 사방을 둘러보았다. 철쭉나무 너머로 하얀 돌을 깎아 만든 거대한 조각상이 매섭게 쏟아지는 우박 속에서 어렴풋이 보였다. 하지만 그밖에 아무것도 보이지 않았다.

그 순간 내가 느낀 기분을 설명하기란 쉽지 않다. 장대처럼 쏟아지던 우박이 점차 잦아들자, 하얀 조각상의 형체가 좀 더 뚜렷이 보였다. 그 조각상은 곁에 있던 은빛 자작나무가 그 어깨에 닿을 정도로 무척 컸다. 조각상은 하얀 대리석으로 만들었는데, 그 형상이 날개 달린 스핑크스와 무척 유사했다. 날개는 수직으로 접은 것이 아니라 양옆으로 활짝 펼쳐서 마치 하늘로 날아오르려는 듯 보였다. 청동으로 만든 것 같은 받침대에는 푸른 빛깔 녹이 두껍게 덮여 있었다. 조각상의 얼굴은 우연히도 나를 향해 있었는데, 보이지 않는 두 눈이 나를 지켜보는 것만 같았다. 입술에서는 엷은 웃음이 엿보였다. 조각상은 비바람에 몹시 시달렸는지, 몹쓸 병에 걸린 듯한 인상을 풍겼다. 나는 그 자리에 서서 잠시 동안 조각상을 바라보았다. 30초, 아니 어쩌면 30분 동안 그렇게 바라보았을지도 모른다. 조각상 전방에서 내리는 우박이 거세어지거나 약해짐에 따라 그것이 앞으로 다가왔다 뒤로 물러났다 하는 것처럼 보였다. 마침내 나는 잠시 조각상에서 눈을 뗐다. 가만히 주위를 둘러보니, 장막 같던 우박이 약해졌고 하늘은 곧 태양이 모습을 보일 것을 예고하는 듯 환하게 밝아졌다.

나는 웅크린 하얀 조각상을 또다시 올려다보았다. 그러자 불현듯 이번 여행이 전적으로 무모하다는 생각이 엄습했다. 이 장막 같은 우박이 다 걷히고 나면 무엇이 보일까? 인류에게 무슨 일이 일어났을까? 잔혹성이 일상적인 열정으로 되어버렸으면 어쩐다지? 그사이에 인류가 인간성을 상실하고, 비인간적이고 냉혹하고 엄청난 괴력을 지닌 생물로 변했다면 어쩌지? 어쩌면 나는 그러한 이곳의 생물에게 태고의 원시 동물로 보일지도 모른다. 이곳 생물들은 그런 나의 모습을 보고는 자신들과 유사하게 생겼다는 것에 몹시 두려움과 혐오감을 느껴 나를 당장에 죽여야 할 더러운 생물로 여길지도 모른다.

거셌던 우박이 잦아듦에 따라 이미 내 눈에는 다른 거대한 형상들, 즉 복잡하게 얽힌 난간과 높은 기둥들이 딸린 거대한 건물들이 들어왔다. 또한 나무로 뒤덮인 언덕 중턱도 어렴풋이 서서히 눈에 들어오기 시작했다. 순간 돌연한 공포감이 엄습했다. 나는 미친듯이 타임머신으로 달려가 그것을 바로 세우려 죽을힘을 다했다. 그때, 먹구름 사이로 햇살이 내리비쳤다. 온통 시야를 회색빛으로 물들이며 쏟아지던 우박이 바닥에 끌리는 유령의 옷자락처럼 사라졌다. 머리를 들어 보니, 매우 짙은 파란색 여름 하늘에는 엷은 갈색 구름 떼들이 소용돌이치며 사라져가고 있었다. 주위의 거대한 건물들은 좀 전에 쏟아졌던 우박에 젖어 빛을 발하며 아주 선명한 모습으로 서 있었다. 건물들의 가로 방향을 따라 쌓인 우박은 아직도 녹지 않아, 쭉 이어지면서 유난히 하얗게 보였다. 낯선 세계에서 벌거벗은 채 있는 기분이 들었다. 위에서 나는 매가 언제든 자신을 습격할 수도 있다는 것을 알면서도 청명한 하늘을 나는 새가 느낄 만한 그런 기분이었다. 내가 느끼는 공포는 점차 광란으로 커갔다. 나는 숨을 크게 들이마시고는, 이를 악물고 손목과 무릎에 힘을 모아 필사적으로 타임머신을 바로 세우려 애썼다. 필사적인 노력에 타임머신은 바로 섰다. 그 순간 타임머신에 나는 턱을 거세게 부딪히고 말았다. 나는 한 손으로 의자를, 다른 한 손으로 레버를 잡고는 가쁘게 숨을 헐떡이며 좌석에 다시 올라타려 했다.

하지만 이제 언제든 당장에 타임머신을 타고 떠날 수 있게 됐으니 용기가 다시 생겼다. 나는 먼 미래의 바로 이 세계를 더욱 호기심을 가지고 좀 더 대담하게 살펴보았다. 근처에 있는 집, 그 벽의 높은 위치에 난 원형의 창 안으로 고급스럽고 부드러워 보이는 옷을 걸친 여러 사람들이 보였다. 그들은 나를 보고 있었다. 그들의 얼굴이 나를 향해 있었던 것이다.

그때, 내게로 다가오는 사람의 목소리가 들렸다. 하얀 스핑크스 옆의 덤불을 헤치고 다가오는 사람들의 머리와 어깨가 보였다. 그들 중 한 사람이 내가 타임머신과 함께 서 있던 작은 잔디밭으로 곧장 통하는 좁은 길에 들어섰다. 그는 아주 작은 몸집 — 120센티미터 정도의 키 — 이었는데, 자주색 윗옷을 걸치고 허리에는 가죽 허리띠를 둘렀다. 발에는 샌들인가 반장화인가를 신었지만 그것이 정확히 무엇인지는 알 수 없었다. 다리는 무릎까지 맨살이 드러났고 머리에는 아무것도 쓰지 않았다. 그자의 모습을 보고서야 나는 비로소 그곳이 얼마나 따뜻한 곳인지를 알게 됐다.

그는 매우 아름답고 우아했지만 몹시 연약해 보였다. 홍조를 띤 그의 얼굴은 폐병 환자에게서 엿보이는 아름다움, 즉 우리가 흔히 말하곤 하는 홍조를 띤 병적 아름다움을 연상시켰다. 그를 보자, 갑자기 자신감이 생겼다. 그 순간 나는 타임머신에서 손을 떼었다.

4

다음 순간, 우리는 서로 얼굴을 마주 보고 서 있었다. 나와 미래의 허약해 보이는 존재가 그렇게 대면한 것이다. 그는 곧장 내게 다가와 내 눈을 쳐다보며 웃었다. 전혀 두려운 기색이 없는 그의 태도에 나는 놀랐다. 그리고 그는 뒤따라오던 두 사람 쪽으로 몸을 돌리더니, 그들에게 낯설지만 아주 부드럽고 유려하게 들리는 목소리로 말을 했다.

또 다른 이들도 다가와 곧 여덟 명 또는 열 명의 작은 무리, 그 고상해 보이는 존재들이 내 주위를 둘러쌌다. 그들 중 한 명이 내게 말을 걸었다. 아주 뜻밖이지만, 문득 나는 내 목소리가 그들에게는 몹시 거칠고 강하게 들리지나 않을까 하는 생각이 들었다. 그래서 나는 머리를 가로저었고, 내 귀를 가리키며 다시 한번 머리를 가로저었다. 그는 한 걸음 앞으로 다가와 머뭇거리더니 내 손을 살짝 만져 보았다. 그러자 곧 다른 자들의 부드러운 작은 손—촉수와도 같은 느낌의—이 내 등과 어깨를 만지는 것이 느껴졌다. 그들은 내가 실제 살아 있는 존재인지 확인하고 싶었던 것이다. 이 순간, 여기에서 내게 두려움을 주는 것은 아무것도 없었다. 실은 작고 귀여운 이 사람들에게는 내게 자신감을 심어주는 무언가가 있었다. 아마도 그것은 우아해 보이는 다소 어린아이 같은 천진함일 것이다. 더구나 그들은 아주 연약해 보였기에, 열 명이 넘게 덤벼든대도 볼링 핀처럼 쓰러뜨릴 수 있겠다는 생각이 들었다. 하지만 그들이 연분홍빛 작은 손으로 타임머신을 만지려 했을 때, 나는 순간적으로 경고의 몸짓을 해 보였다. 그 순간 다행히도 나는 너무 늦기 전에 지금까지 잊고 있던 위험성을 깨닫고는 타임머신의 가로대 너머로 손을 뻗어 조종 레버들을 빼내 주머니에 넣었다. 그러곤 다시 그들을 돌아보며 그들과 어떻게 의사소통을 할 수 있을까 생각해보았다.

좀 더 세심하게 그들의 생김새를 살펴보니 드레스덴 도자기 인형처럼 귀여운 모습 속에서도 몇 가지 눈에 띄는 특징이 엿보였다. 한결같은 고수머리는 목과 볼 지점에서 싹둑 잘린 모양이었다. 얼굴에는 미세한 솜털조차 없었고 귀는 이상하리만큼 작았다. 입도 작았고 입술은 무척 빨갛고 얇았다. 그리고 작은 턱은 그 끝이 뾰족했다. 두 눈은 크고 온순해 보였다. 내 자의적인 해석인지 모르겠지만 내 생각과는 달리, 의외로 그들은 내게 별 관심을 보이지 않는 것 같았다.

그들은 나와 의사소통을 해보려는 노력은 전혀 하지 않고, 그저 내 주위에 둘러선 채, 웃음을 지으며 서로 말을 주고받았다. 그들의 말은 마치 부드러운 비둘기의 울음소리처럼 들렸다. 내가 먼저 그들에게 대화를 시도해보았다. 나는 손으로 타임머신과 나 자신을 가리켰다. 그다음에 시간을 어떻게 표현할까 잠시 주저하다가, 태양을 가리켰다. 그러자 곧바로 자주색과 하얀색의 바둑무늬 옷을 입은 기묘할 정도로 귀엽게 생긴 작은 사람이 내 몸짓을 따라 했다. 그러고 나서 놀랍게도 그는 천둥소리를 흉내 냈다.

그가 보인 몸짓의 의미를 명확히 알 수 있었지만, 순간적으로 나는 무척 당혹스러웠다. 문득 머릿속에 의구심이 떠올랐다. 이자들은 바보가 아닐까? 그 순간 내 심정이 어떠했는지 여러분은 전혀 알 수 없을 것이다. 여러분도 알겠지만, 나는 서기 80만 2천여 년 후의 인간들이라면 지식과 예술을 망라한 모든 분야에서 우리보다 월등히 앞서 있을 것이라고 생각해왔다. 한데 그때 그들 중 한 사람이 내게 던진 질문은 다섯 살짜리 어린아이의 지능 수준에서 나올 만한 것이었다! 즉 그 질문은 내가 천둥치며 내린 우박과 함께 태양에서 온 것이냐고 묻는 것이었다. 이것은 그들의 옷차림과 여린 가냘픈 사지와 연약한 용모를 보고 보류했던 판단을 결정짓게 했다. 마음속에서 큰 실망감이 솟아올랐다. 잠시 동안 괜히 헛되이 타임머신을 만들었다는 생각이 들었다.

나는 고개를 끄덕이며 태양을 손으로 가리켰다. 그러곤 그들이 깜짝 놀랄만큼 생생한 천둥소리를 똑같이 냈다. 그들은 한두 걸음 물러서더니 내게 절을 했다. 그러고 나자 그중 한 사람이 웃으며, 내가 처음 보는 아름다운 꽃들로 엮은 화환을 들고 다가와 내 목에 걸어주었다. 그러자 다른 사람들은 음악적으로 조율한 듯한 박수갈채를 보냈다. 그러고는 이내 그들은 모두 사방으로 이리저리 뛰어다니며 꽃을 꺾어, 환하게 웃으며 내게 던지기 시작했다. 마침내 나는 꽃으로 숨이 막힐 지경이 되었다. 그 꽃들은 헤아릴 수 없을 정도로 오랜 세월 동안의 배양기를 거치면서 창조된 것이다. 그런만큼 그 꽃들과 유사한 종류라도 보지 않고는 얼마나 섬세하고 아름다운지 상상조차 할 수 없을 것이다. 그때 누군가가 놀잇감인 나를 근처 건물 안에 전시라도 하자고 제안한 모양이었다. 그래서 나는 그들에게 이끌려 하얀 대리석 스핑크스 곁을 지나 부식된 거대한 회색 석조 건물 쪽으로 걸어갔다. 그동안 스핑크스는 줄곧 웃으며 놀란 나를 바라보는 것만 같았다. 나는 그들과 함께 걸어가는 동안에, 틀림없이 매우 진지하고 지적인 후손을 만나게 되리라고 기대했던 생각이 떠오르자, 참을 수 없는 웃음이 터져나왔다.

그 건물은 입구를 비롯해 전체적으로 굉장히 컸다. 나는 서서히 점점 불어나는 키 작은 사람들의 무리와 내 앞에 입을 쩍 벌린 커다란 문들에 마음을 온통 빼앗기고 말았다. 눈앞에 보이는 광경이 왠지 환영 같고 불가사의하게 느껴졌다. 그들의 머리 너머로 보이는 세상에 대해 내가 대체로 받은 느낌은 아름다운 관목과 꽃들이 어우러져 자라는 황무지, 오랫동안 방치되었지만 잡초는 자라지 않은 정원이었다. 기다란 이삭 모양의 생소한 꽃들이 무수하게 피었는데, 그 납빛 꽃잎은 지름이 30센티미터는 되었다. 그 꽃들은 야생화처럼 무성한 관목 사이에 여기저기 피어 있었다. 하지만 사실 그때 그 꽃들을 자세히 살펴본 것은 아니었다. 그리고 타임머신은 철쭉나무로 둘러싸인 잔디밭에 내버려두고 온 상황이었다.

출입구 아치에는 화려한 문양이 조각되었다. 물론 그 조각을 자세히 살펴보지는 못했다. 그럼에도 지나치면서 언뜻 보니 고대의 페니키아 장식물 같은 느낌이 들었다. 조각은 심하게 파손되었고 비바람에 시달렸는지 몹시 낡았다. 더욱 밝은 빛깔의 옷을 입은 사람들 몇몇이 나를 입구에서 맞이했고, 우리는 그 안으로 들어갔다. 거무스름한 19세기 옷을 입고 목에 화환을 건 내 모습은 그들에게 아주 괴상하게 보였을 것이다. 이윽고 내 주위로 밝고 연한 빛깔의 옷들과 유난히 하얀 손발이 사방에서 들리는 음악적인 웃음소리와 웃음을 띤 말소리 속에서 소용돌이를 이루었다.

커다란 출입구는 그에 걸맞게 커다란 다갈색 홀로 이어졌다. 천장은 어두운 색이었고 창문들 일부에는 색유리를 끼웠지만 일부는 투명한 유리창이어서 따뜻한 햇살이 스며들었다. 바닥에는 판자나 판석이 아닌 매우 단단한 하얀 금속으로 된 커다란 블록들이 깔렸는데, 몹시 닳은 상태였다. 많은 세대에 걸쳐 사람들이 그 위를 수없이 오고갔기 때문일 것이다. 가만히 보니, 사람들이 특별히 자주 오고간 길을 따라서 깊게 파인 골이 있었다. 홀에는 곱게 다듬은 석판으로 만든 수많은 식탁이 일정한 방향으로 가로놓여 있었다. 식탁의 높이는 30센티미터 정도 되었는데, 위에는 여러 과일이 수북이 쌓여 있었다. 그중에서 굉장히 큰 딸기와 오렌지 종류는 알아볼 수 있었지만 대부분은 처음 보는 과일이었다.

식탁 사이사이에는 많은 방석이 따로따로 놓였다. 나를 데리고 온 사람들이 그 방석 위에 앉으면서 내게도 똑같이 앉으라고 손짓을 했다. 그들은 특별한 격식을 차리지 않고 그냥 손으로 과일을 집어먹기 시작했다. 껍질과 줄기 따위는 식탁 옆에 나 있는 둥근 구멍에 던져 넣었다. 나는 갈증과 허기를 느꼈기 때문에 기꺼이 그들을 따라서 과일을 먹었다. 그렇게 과일을 먹으면서 느긋하게 홀 안을 살펴보았다.

무엇보다도 시선을 끄는 것은 그곳의 매우 낡은 모습이었다. 기하학적 무늬만 있던 착색 유리 창문은 여기저기 깨졌고 하단에 드리운 커튼에는 먼지가 수북했다. 나와 가까이 있는 대리석 식탁 귀퉁이도 금이 간 것이 눈에 띄었다. 그런데도 전체적으로 매우 화려하고 아름다운 분위기가 느껴졌다. 홀 안에서는 200여 명이 식사를 했는데 그들 대부분은 될 수 있는 한 나와 가까운 곳에 앉아 흥미로운 듯 나를 바라보았다. 그러면서 과일을 먹는 그들의 두 눈은 반짝였다. 그들은 하나같이 모두 부드럽지만 질긴 비단 같은 옷감으로 만든 옷을 입었다.

한데 그들이 먹는 음식은 과일뿐이었다. 이 머나먼 미래의 인간들은 엄격한 채식주의자였던 것이다. 그렇다 보니 나는 그들과 함께 있는 동안 고기가 먹고 싶기도 했지만 어쩔 수 없이 과일만 먹어야 했다. 나중에 안 사실이지만, 실은 말과 소와 양과 개 따위는 어룡처럼 멸종해버린 상태였다. 하지만 과일은 아주 맛이 좋았다. 특히 한 과일은 내가 그곳에 있는 동안이 제철이었던 모양이다. 세모난 꼬투리 속에 가루 같은 것이 든 그 과일은 아주 맛이 좋아서, 난 그 과일을 주식으로 삼았다. 처음에는 이런 낯선 과일과 꽃들을 보고 당황했지만 이후 그것들의 중요성을 알게 되었다.

하지만 지금 나는 먼 미래의 과일 식사에 대해서 말하는 것이다. 식욕을 어느 정도 채우고 나자 나는 이 낯선 사람들의 말을 배워보기로 마음먹었다. 이것이야말로 배를 채운 후에 해야 할 첫 번째 일이었다. 과일로 시작하는 것이 유용해 보였다. 그래서 나는 과일 한 개를 들고는 계속해서 무엇을 묻는 듯한 소리를 내고 몸짓을 해 보였다. 내가 뜻하는 바를 전달하기가 상당히 어려웠다. 처음에 그들은 내가 표현하는 소리와 몸짓에 놀란 표정으로 빤히 나를 쳐다보거나 웃음을 터트리기만 했다. 하지만 곧 금발머리의 작은 사람이 내 생각을 알아차렸는지 과일 이름을 반복해서 말했다. 그들은 한참 동안 수군거리면서 서로에게 이 일에 대해서 설명했다. 그리고 내가 처음으로 그들의 섬세하면서 여린 말소리를 흉내 내자 그들은 무척 즐거워했다. 그렇지만 나는 아이들에 둘러싸인 선생이 된 기분이 들었다. 그런 기분으로 고집스럽게 그들의 말을 익혀 마침내 적어도 20여 가지 명사를 쓸 수 있게 됐다. 그다음에는 지시대명사를 배웠고 동사 '먹다'라는 말까지 터득하게 됐다. 하지만 이렇게 그들의 말을 익히는 데는 너무 많은 시간이 들었다. 이 작은 사람들은 곧 싫증을 느끼고 내 질문을 피하려 했다. 그래서 어쩔 수 없이 그들이 마음 내켜할 때에만 조금씩 배우기로 마음먹었다. 그리고 얼마 지나지 않아, 그렇게 조금씩 배우는 것조차 쉽지 않다는 것을 알게 됐다. 여태까지 나는 그들처럼 게으르고 쉽게 싫증을 잘 내는 사람들을 만나본 적이 없었다.

나는 곧 이 작은 사람들에 관해 한 가지 기묘한 사실을 발견했다. 그것은 그들이 어떤 것에 대해서도 관심이 별로 없다는 점이었다. 그들은 아이들처럼, 놀라운 것을 본 듯 크게 소리 지르며 내게 다가와 나의 행동을 지켜보았지만, 이내 싫증을 느끼고는 다른 놀잇감을 찾아 떠나곤 했다. 저녁 식사와 몇 마디 대화를 마치고서야 비로소 알게 된 일이지만, 처음에 내 주위를 둘러쌌던 사람들 대부분은 자리를 뜨고 없었다. 기묘한 또 하나 사실은 나 역시도 이 작은 사람들에게 관심이 사라지게 됐다는 것이다. 나는 허기를 채우고는 곧바로 건물 입구를 지나 밝은 바깥으로 다시 나갔다. 나는 계속해서 새로운 얼굴의 미래인들과 마주쳤다. 그럴 때마다 그들은 약간 거리를 두고 내 뒤를 따라오며 나에 관해 수군덕거리거나 웃어댔다.

그러곤 나를 향해 웃음을 지으며 다정하게 손짓을 하다가는 또다시 나를 혼자 남겨두고 가버렸다.

커다란 홀에서 밖으로 나와보니, 세상은 이미 저녁이 되어 조용했고 그런 풍경의 세상에 석양의 따뜻한 빛이 비추었다. 처음에는 눈에 보이는 모든 것이 무척 혼란스러웠다. 모든 것이 내가 아는 세상의 것과는 완전히 달랐다. 심지어 꽃까지도 달랐다. 내가 빠져나온 커다란 건물은 넓은 강 유역의 경사지에 자리 잡았다. 바로 이 템스강은 본래의 위치에서 1.6킬로미터가량 이동한 듯 보였다. 나는 2.4킬로미터쯤 떨어진 언덕 꼭대기에 올라가 보기로 했다. 그곳에 서라면 서기 80만 2701년의 지구 모습을 훨씬 더 멀리까지 볼 수 있을 것이다. 설명하자면, 80만 2701년이란 타임머신의 작은 계기판에 나타난 연도였다.

걸어가면서 주위를 살펴보았다. 혹 이 미래의 세계가 어찌해서 이토록 파국을 맞이했는지를 설명해줄 단서라도 찾을 수 있지 않을까 하는 생각 때문이었다. 이곳은 정말 황폐했다. 이를테면, 언덕을 조금 오르자, 알루미늄 덩어리로 이어놓은 거대한 화강암 더미와 커다란 미로를 형성한 가파른 성벽들이 나타났다. 그리고 여기저기 무너진 무더기들이 눈에 띄었는데, 그 한가운데에는 아름다운 탑처럼 생긴 식물이 빼곡하게 자랐다. 쐐기풀인 듯했지만 이상하게도 잎사귀는 갈색을 띠었고 가시 따위는 나지 않았다. 그 폐허는 분명 버려진 거대한 구조물의 잔재인 듯한데 무슨 목적으로 만들었는지는 알 수 없었다. 나중에 나는 이곳에서 아주 기묘한 경험을 하게 되는데, 그것은 앞으로 일어날 더욱더 기묘한 일을 암시하는 신호탄이었다. 그에 대해서는 곧 적절한 때에 이야기하기로 하겠다.

나는 잠시 쉬던 테라스에서 문득 어떤 예감에 이끌려 주변을 둘러보았다. 그곳 어디에도 작은 집들은 전혀 보이지 않는다는 사실을 깨달았다. 개개인의 집들은 사라진 게 분명했다. 어쩌면 가족이라는 것도 사라졌을지 모른다. 푸른 나무들 사이에는 군데군데 궁전처럼 생긴 건물들이 있었지만 집이나 오두막은 전혀 보이지 않았다. 집으로 가득한 우리 시대의 영국 풍경은 사라지고 만 것이다.

"공산주의 사회인가."

나는 중얼거렸다.

그 생각에 이어 또 다른 생각이 머릿속에 스쳤다. 나는 내 뒤를 따라온 작은 사람들 대여섯 명을 쳐다보았다. 그때, 불현듯 그들 모두가 똑같은 옷을 입고 똑같이 솜털도 나지 않은 부드러운 얼굴을 하고 똑같이 여자아이처럼 통통한 팔다리를 가졌다는 점을 깨달았다. 지금까지 그런 사실을 미처 알아차리지 못한 게 이상하게 여겨질 것이다. 하지만 이곳에서는 이상하지 않은 것은 전혀 찾아볼 수 없다. 그 사실을 비로소 이제야 분명히 알게 되었다. 우리 시대에 남자와 여자를 뚜렷이 구별해주는 의복과 모든 점에서 다른 성격이나 태도가 미래의 이 사람들에게는 모두 똑같았다. 어린아이들도 내 눈에는 그저 어른들의 축소판으로 보일 뿐이었다. 미래의 어린아이들은 적어도 육체적으로는 매우 성숙해 보였다. 나중에 나는 이러한 내 판단이 옳았음을 입증해주는 수많은 증거를 발견하게 되었다.

이 사람들이 안락하고 안전한 세계 속에서 살아가는 걸 보니, 남자와 여자가 아주 닮은 사실은 누구든 예상할 수 있을 만한 것이었다는 생각이 들었다. 남자의 강함과 여자의 부드러움, 가족제도, 그리고 직업상의 차별 따위는 물리적인 힘이 지배하는 시대에서만 호전적인 면에서 필요했던 것이다. 인구가 균형을 갖추었거나 많은 세계에서는 아이를 많이 낳는 것은 국가에 이익이 되기보다는 오히려 해가 된다. 폭력이 거의 발생하지 않고 자손의 안전이 보장된 세계에서는 가족이 효율적이지 못하다. 사실 가족이 전혀 필요 없다. 또한 아이의 양육을 위해 구분하는 아버지와 어머니의 성 역할도 사라질 것이다. 이와 같은 현상은 우리의 세계에서도 조금씩 시작되었다. 그리고 바로 이 미래 시대에 그것이 완결된 것이다. 하지만 미리 상기시켜두겠는데, 이것은 그때 내가 유추해낸 생각일 뿐이었다. 나중에 알게 되었지만, 사실은 내 생각과 상당히 달랐다.

이런 생각을 할 때, 주의를 끄는 예쁘고 작은 구조물 하나가 눈에 띄었다. 둥근 지붕을 덮은 우물 같았다. 그때까지도 우물이 존재하다니, 순간적으로 신기하다는 생각이 들었다. 하지만 곧 방금 전까지 빠져 있던 생각으로 되돌아갔다. 언덕 꼭대기 쪽으로는 커다란 건물이 없었다. 나의 걸음걸이는 이곳의 작은 사람들과 비교하면,

엄청 빨랐기 때문에 얼마 후에 처음으로 혼자 있게 되었다. 나는 자유와 모험이 뒤섞인 기묘한 기분을 느끼며 정상을 향해 힘차게 올라갔다.

언덕 꼭대기에서 무엇인지 알 수 없는 노란색 금속으로 만든 의자를 하나 발견했다. 여기저기 부식되어 연분홍빛 녹이 슬었고, 반쯤이 부드러운 이끼로 덮여 있었다. 주조해서 곱게 연마한 듯 보이는 팔걸이는 그리핀*의 머리 모양이었다. 나는 그 의자에 앉아, 긴 하루를 마감하는 석양의 하늘 아래 모습을 드러낸 미래의 세상을 아주 멀리까지 바라보았다. 내가 여태까지 봐온 경치와 다름없이 아름답고 멋진 광경이었다. 태양은 이미 지평선 너머로 지고 서쪽 하늘은 금빛으로 타올랐다. 금빛 하늘을 배경으로 자줏빛과 진홍빛이 몇 줄기 수평으로 쭉 뻗었다. 저 아래로 템스강 계곡이 눈에 들어왔다. 강은 반짝이는 강철 띠처럼 뻗어 있었다. 앞서 말했듯이 온갖 푸른 나무 사이로 커다란 궁전들이 여기저기 눈에 띄었다. 그중 일부는 폐허로 변했고 일부는 아직도 사람이 살았다. 황폐해진 정원 여기저기에는 하얀색이나 은색 조각상들이 서 있고, 곳곳에 둥근 지붕과 오벨리스크 같은 것이 우뚝 솟았다. 울타리도, 개인 소유지임을 나타내는 표지도, 농경지의 흔적도 없었다. 이 세상 전부가 정원이 되었다.

---

* 그리스 신화에 나오는 독수리의 머리와 날개, 사자의 몸통을 가진 괴수

그렇게 미래 세계를 바라보면서, 나는 지금까지 봐온 것들에 대해 나름의 해석을 해보기 시작했다. 그리고 그날 저녁이 되자, 그 해석은 구체화되었는데, 결론은 이러했다(나중에야 나는 그때는 절반의 진실만을, 아니 진실의 한 면만을 언뜻 봤을 뿐이라는 것을 깨달았다).

쇠퇴해가는 인류와 마주친 기분이 들었다. 붉은 석양을 바라보려니 머릿속에 인류의 종말에 대한 생각이 떠올랐다. 비로소 나는 우리가 현재 힘쓰는 사회적 노력이 뜻밖의 결과를 낳았음을 깨닫기 시작했다. 하지만 잘 생각해보면 아주 당연한 결과다. 힘은 필요의 소산이고 안전은 연약함을 낳는다. 삶의 조건을 개선하는 일—삶을 더욱더 안정하게 만드는 문명화의 과정—이 꾸준히 진행되어 정점에 이르렀다. 자연에 대해 단결된 인류의 승리가 계속되었다. 현재에는 그저 꿈에 불과한 것들이 미래에 주도면밀하게 계획되어 그대로 착수되고 실행되었다. 그 성과가 바로 그 순간 내가 보는 것이었다!

요컨대 현재의 위생 시설과 농업은 아직 초보 단계다. 우리 시대의 과학은 인류의 질병 중 아주 작은 일부분과 싸울 뿐이다. 하지만 그래도 과학은 꾸준히 지속적으로 그 영역을 넓혀간다. 우리의 농업과 원예는 곳곳에서 자라는 잡초를 제거하고 몸에 좋은 식물을 20여 종 재배했다. 하지만 그보다 훨씬 더 많은 식물은 인간의 손길에서 벗어나 서로 경쟁하는 가운데 균형을 맞추며 자생한다. 우리는 아주 극소수에 지나지 않지만 우리가 좋아하는 동식물을 선택적으로 교배하여 점차 품종 개량을 해간다. 그렇게 해서 마침내 훨씬 맛좋은 새로운 복숭아라든가 씨 없는 포도, 더욱더 아름답고 큰 꽃, 더 우수한 품종의 소 따위를 개량해냈다. 그러한 품종 개량은 단숨에 된 게 아니고 꾸준히 진행되었다. 우리의 목적이 명확하지 않고 가설적인 데 머물렀고, 우리의 지식은 매우 한정적인 면이 있었기 때문이었다. 또한 자연은 우리의 서툰 지배력에 쉽게 순응하거나 본성을 드러내지 않았기 때문이다. 그러나 언젠가는 이 모든 일은 더욱 체계화되고 훨씬 더 발전하게 될 것이다. 바로 그런 과정이야말로 여러 번 소용돌이가 있을지언정 자연스럽게 흘러가는 강물의 흐름인 것이다. 전 세계는 모든 사람이 지성을 갖추고 교양을 쌓고 서로 협동하는 사회로 변모할 것이다. 모든 것이 자연을 정복하는 방향으로 점점 더 빠르게 나아갈 것이다. 그래서 마침내 인류는 우리의 필요에 적합하게끔 동식물의 균형을 현명하고 세심하게 조절하게 될 것이다.

이러한 조절 과정은 아주 훌륭하게 계속돼왔을 것이다. 정말로 그것은 내가 타임머신을 타고 시간 여행을 하는 동안 거쳐왔던 미래의 세월 내내 계속되었을 것이다. 공중에는 모기 한 마리도 날지 않았고, 땅에는 잡초나 곰팡이 하나 남지 않았다. 도처에 과일과 향기롭고 아름다운 꽃들이 가득했고 곳곳에서 화려한 나비들이 날아다녔다. 예방의학의 이상이 이루어진 것이다. 질병은 완전히 박멸되었다. 나는 이곳에 머무르는 동안 어떠한 전염병의 징후도 보지 못했다. 나중에 다시 말할 기회가 있을 테지만, 부패와 노후화 과정 조차도 이러한 변화에 크게 영향을 받았다.

사회적 성취도 크게 이룩되었다. 나는 사람들이 매우 훌륭한 건물에서 좋은 옷을 입고 살면서도 힘들여 일할 필요가 없음을 알 수 있었다. 사회적 다툼과 경제적 다툼을 비롯해 어떠한 다툼의 기미도 보이지 않았다. 상점이나 광고, 거래 등 우리 세계의 몸을 구성하는 모든 상업적 영역이 완전히 사라졌다. 황금빛으로 타오르는 저녁 하늘 아래서, 이곳이야말로 사회의 낙원이라고 단정 지은 것도 이상할 게 없었다. 나는 인구 증가의 문제도 이미 해결되어, 인구는 더는 증가하지 않을 거라고 생각했다.

하지만 이처럼 상황이 변하게 되면 필연적으로 그 변화에 적응하게 마련이다. 생물학이 오류투성이가 아니라면, 인간의 지적 능력과 활동력의 원천은 대체 무엇일까? 아마 그것은 고난과 자유일 것이다. 그런 조건하에서 활동적이고, 강하고, 명민한 자들은 살아남고, 약한 자들은 도태될 것이다. 그런 조건이 능력 있는 사람들의 충실한 유대를 낳고 극기와 인내와 결단력을 낳는 것이다. 가족 제도와 그 제도에서 연유하는 여러 감정, 이를테면 지나친 경계심, 자손에 대한 애정, 부모의 희생 따위는 어린아이를 긴박한 위험에서 보호하기 위해 꼭 필요하고 가치 있는 것으로 여겨왔다. 한데 지금 그런 긴박한 위험이 어디에 존재한단 말인가? 부모의 경계심과 극단적인 모성애 그리고 온갖 종류의 열정 — 이제는 불필요하고, 우리를 곤란하게 만드는 것이고, 세련되고 즐거운 생활에는 적합하지 않은 야만적인 유물일 따름인—을 지양하는 감정이 생겨나 더욱 강해질 것이다.

이곳 사람들의 연약한 육체와 낮은 지능과 곳곳에서 보이는 거대한 폐허를 생각해보니, 이미 자연이 완전히 정복되었을 것이라는 나의 믿음은 더욱더 확고해졌다. 전쟁 뒤에는 평화가 찾아오는 법이다. 인류는 강하고 정력적이고 지적이었다. 그리고 인류는 자신들의 생활 환경을 바꾸기 위해 자신들이 가진 풍부한 에너지를 모조리 소비했다. 그러곤 마침내 바뀐 환경의 반작용이 나타난 것이다.

아주 편안하고 안전한 새로운 환경에서는 현재 우리에게 힘이 되어주는 활기 넘치는 에너지는 약점이 됐을 것이다. 우리 시대를 보더라도 이전에는 생존에 필요했던 어떤 성향이나 욕망이 현재에는 영구적인 실패의 근원이 된 경우가 있다. 예를 들어, 육체적인 용기나 호전적 성향은 문명인들에게 그다지 도움이 되지 않는다. 어쩌면 오히려 장애가 될 것이다. 물리적인 힘이 균형을 이루고 안전이 보장된 사회에서는 육체적 힘뿐만 아니라 지적인 힘도 그다지 유용하지 않을 것이다. 그건 내 생각에 이 미래 세계에서는 아주 오랜 세월 동안에 전쟁이나 폭력의 위험도, 야생 동물의 위협도 없기 때문일 것이다. 또한 소모성 질병도 없으니 강건한 체력이 필요하지도 않고 힘들여 일할 필요도 없기 때문일 것이다. 우리가 약자라고 부르는 존재들도 강자들처럼 생존에 필요한 능력을 잘 갖추고 있으니, 실은 그들을 더는 약한 존재라고도 할 수 없다. 오히려 그들이 강자들보다 더 생존 능력이 뛰어날지도 모른다. 강자는 해소할 수 없는 에너지 때문에 고통을 겪을 수 있을 테니 말이다. 내가 본 무척 아름다운 건물들은 인류가 자신들의 에너지를 마지막으로 쏟아 부어 만든 성과물임에 틀림없었다. 그리고 마침내 인류가 생활 환경과 완벽한 조화를 이루고 나서 그 에너지는 무익한 것이 됐을 것이다. 그 건물은 최후의 위대한 평화의 도래를 알리는 승리의 기념물인 셈이었다. 이것이 안전한 사회에서의 에너지의 운명이었다. 결국 에너지는 예술과 성욕으로 쏠리다가 점차 무기력해지고 그 힘을 잃게 됐다.

마침내 이 예술적 정열마저도 사라지게 됐을 것이다. 내가 본 미래에서는 그 정열은 이미 거의 사라지고 없었다. 꽃으로 치장하고 햇빛 속에서 춤추고 노래하는 것만이 마지막으로 남은 예술의 혼이었을 뿐 그밖에는 어떤 것도 남지 않았다. 그것마저도 결국에는 만족스러운 무위(無爲) 속으로 사라지고 말 것이다. 우리는 고통과 궁핍의 숫돌에 끊임없이 갈린다. 하지만 이곳에서는 증오의 대상인 그런 숫돌은 결국 부서지고 만 듯했다!

점점 짙어져가는 어둠 속에 서서, 나는 이처럼 단순한 해석으로 미래 세계의 문제를 완전히 풀었다고 생각했다. 이곳의 우아한 사람들의 비밀도 전부 풀었다고 생각했다. 그들이 인구 증가를 막기 위해 고안한 수단은 매우 성공적이었던 모양이다. 인구의 증가가 멈춘 것에 그치지 않고 감소했다. 버려진 폐허는 그 때문일 것이다. 이런 나의 해석은 매우 단순했지만 무척 그럴듯해 보였다. 그릇된 이론들이 대부분 그러하듯이!

5

그곳에 서서 미래에 인류가 성취한 완벽한 승리에 대해 곰곰이 생각할 때, 노란빛 둥근 보름달이 은빛 넘치는 북동쪽 하늘로 떠올랐다. 저 아래쪽에서 밝은 색깔 옷을 입고 돌아다니던 작은 사람들의 움직임은 더는 보이지 않았고 올빼미 한 마리가 소리도 없이 훌쩍 날아갔다. 밤의 냉기 때문에 몸이 떨렸다. 그래서 언덕을 내려가서 잘 곳을 찾기로 했다.

이미 보아 알던 건물을 찾아보았다. 그때 내 시선이 청동 받침대 위에 있는 백색 스핑크스로 향했다. 떠오른 달이 점차 밝아옴에 따라 스핑크스가 점점 또렷이 보였다. 스핑크스를 배경으로 은빛으로 빛나는 자작나무도 보였다. 서로 엉킨 철쭉 관목불이 으스름한 달빛 속에 거무스름하게 보였고 작은 잔디밭도 눈에 들어왔다. 나는 다시 한번 그 잔디밭을 바라보았다. 문득 이상한 의구심이 들면서 내 마음의 평정이 깨졌다.

"아니야. 저건 전에 본 그 잔디밭이 아니야!"

나는 단호하게 말했다.

그러나 그것은 전에 본 그 잔디밭이었다. 나병에 걸린 것처럼 뭉개진 스핑크스의 하얀 얼굴이 그쪽을 향했기 때문이다. 그 사실을 깨달았을 때 내 기분이 어땠을까 상상할 수 있겠는가? 여러분은 상상할 수 없을 것이다. 타임머신이 사라져버린 것이다!

순간, 채찍으로 얼굴을 얻어맞은 기분이 들었다. 다시는 나 자신의 시대로 돌아가지 못하고 이 낯선 세계에 무력하게 남겨질지도 모른다는 생각이 들었다. 이런 생각이 머릿속에 스치자 온몸에 소름이 돋았다. 숨통이 조여 숨이 막히는 것만 같았다. 다음 순간, 나는 공포에 사로잡혀 죽을힘을 다해 언덕을 뛰어 내려갔다. 한 번은 땅에 곤두박질쳐, 얼굴이 찢어지고 말았다. 나는 흐르는 피를 멈추게 할 여유도 없이 벌떡 일어나 뛰어 내려갔다. 따뜻한 피가 뺨을 타고 턱으로 흘러내렸다. 뛰어 내려가는 내내 중얼거렸다.

"그들이 조금 옮겨놓았을 거야. 방해가 안 되도록 덤불 속에 밀어 넣어둔 거야."

나는 애써 그렇게 마음을 진정시키면서 있는 힘을 다해 뛰어 내려갔다. 하지만 극도의 두려움이 드는 순간이면 그렇듯이, 그렇게 믿으려 하면서도 시종 그런 확신이 어리석은 생각임을 직감했다.

그리고 내 손이 미치지 못하는 곳으로 타임머신이 옮겨졌으리라는 것을 본능적으로 알았다. 몹시 숨이 차서 고통스러웠다. 언덕 꼭대기에서 작은 잔디밭까지 3.2킬로미터나 되는 거리를 10분 만에 뛰어 내려왔다. 게다가 난 그다지 젊지도 않았다. 뛰어 내려오면서 타임머신을 방치해두었던 어리석기 짝이 없는 내 행동에 소리 높여 악담을 퍼부었다. 그 바람에 몹시 숨이 찼다. 큰 소리로 외쳐댔지만 대답하는 사람은 아무도 없었다. 달빛에 잠긴 이 세계에는 살아 숨쉬는 생물이라고는 존재하지 않는 것만 같았다.

잔디밭에 이르렀을 때, 내가 가장 두려워하던 일이 사실이었음을 알게 됐다. 타임머신은 흔적조차 남지 않았다. 엉킨 어두운 덤불로 둘러싸인 텅 빈 잔디밭을 마주하고 있자니, 현기증이 나면서 온몸이 싸늘해졌다. 타임머신이 어느 구석에 숨겨져 있지 않을까 싶어 미친 듯이 그 주변을 두루 뛰어다녔다. 그러다가 갑자기 멈춰 선 채 머리카락을 쥐어뜯었다. 내 머리 위로는, 청동 받침대 위에 앉은 스핑크스가 떠오른 달빛을 받아 하얗게 빛나며, 나병에 걸린 듯한 표정을 드러냈다. 스핑크스는 마치 나의 당황한 모습을 비웃는 것처럼 보였다.

나는 이 작은 사람들에게는 육체적으로나 지적으로나 타임머신을 옮길 능력이 없다는 걸 확신하지 못했다면, 그들이 나를 위해 어느 은신처로 타임머신을 옮겨놓았을 것이라고 상상하는 것으로 나 스스로를 위로할 수도 있었을 것이다. 하지만 어느 순간 그런 생각이 나를 당혹스럽게 했다. 지금까지 내가 눈치채지 못한 어떤 힘이 그들에게 있어, 그들이 내 발명품을 감춰버린 것은 아닐까 하는 생각이 들었던 것이다. 하지만 한 가지만은 확실했다. 즉 어느 다른 시대에 누군가가 아주 똑같은 타임머신을 발명하지 않은 이상, 그 기계는 시간 이동을 할 수 없을 것이다. 내가 장착된 레버들을 뽑아놓았기 때문에 아무도 타임머신을 조종할 수 없을 것이다. 그러니 타임머신을 단지 공간적으로만 옮겨 숨긴 것이었다. 하지만 대체 어디에서 찾을 수 있을까?

나는 마치 미치광이 같았다. 달빛에 잠긴 스핑크스 주위 덤불숲 속을 미친 듯이 헤집으며 뛰어다닌 것이 기억난다. 그렇게 뛰어다니다가 어떤 하얀 동물을 놀라게 하기도 했다. 나는 어스름한 빛 속에서 그 동물을 작은 사슴이라고 생각했다. 또한 그날 밤 늦도록 꽉 움켜쥔 주먹으로 덤불을 치면서 돌아다녔고, 결국 부러진 나뭇가지에 손가락 마디들이 찢겨 피가 났던 기억이 난다. 이윽고 나는 침통한 마음에 흐느끼거나 고함치면서 돌로 지어진 거대한 건물 쪽으로 다가갔다. 커다란 홀은 어둡고 조용했고 사람 하나 보이지 않았다. 울퉁불퉁한 바닥에 발이 걸려 한 공작석 테이블 위로 넘어지고 말았다. 하마터면 정강이뼈가 부러질 뻔했다. 나는 성냥에 불을 붙이고 이미 말한 바 있는 먼지투성이 커튼을 젖히고 앞으로 걸어 나아갔다.

커튼 뒤에는 방석이 깔린 또 다른 커다란 홀이 있었다. 그곳에서 작은 사람들 20여 명이 잠을 잤다. 분명 그들은 다시 찾아온 나의 모습을 보고 매우 이상하게 생각했을 것이다. 알아들을 수 없는 말을 떠들며 손에는 탁탁 타들어가는 소리를 내는 성냥불을 든 채 조용한 어둠 속에서 갑자기 모습을 나타냈으니 말이다. 그들에게 성냥이란 것은 이미 잊힌 물건이었다.

"타임머신 어디 있어?"

나는 화가 난 아이처럼 소리치며 그들을 흔들어 깨웠다. 그들로서는 매우 기괴한 일이었을 게 분명하다. 개중에 웃는 사람도 있었지만 그들 대부분은 몹시 놀란 듯 보였다. 그들이 내 주위를 에워싸고 선 것을 보고서야 나는 정말 어리석은 짓을 했다는 생각이 들었다. 이러한 상황에서 그들에게 공포심을 불러일으키려 했다니. 낮에 보았던 그들의 행동으로 판단컨대, 그들은 공포라는 감정을 잊었을 게 분명한데 내가 공포라는 감정을 소생시키려 한 것이다.

갑자기 나는 성냥을 내던지고 앞을 가로막은 사람들 중 한 명을 때려눕히고 넓은 대식당을 다시 가로질러 달빛 속으로 뛰쳐나갔다. 두려움에 외치는 소리와 작은 발로 이리저리 뛰어다니는 소리와 넘어지는 소리가 들려왔다. 그날 밤 달이 하늘에 떠오른 사이에, 내가 무슨 짓을 했는지 아무런 기억이 나지 않는다. 타임머신을 잃어버리리라곤 전혀 예상치 못했는데, 그런 일이 일어나고 나니 정말 미칠 지경이었던 것 같다. 절망적으로 내가 살던 세계와 단절된 느낌이었다. 나는 미지의 세계 안의 이상한 동물이 되고 만 것이다. 나는 분명 신과 운명의 여신을 향해 절규하고 애원하며 이리저리 미친 듯이 뛰어다녔을 것이다. 긴 절망의 밤이 끝나가면서 몹시 피로감이 몰려들던 것을 기억한다. 나는 타임머신이 있기에는 부적합한 곳까지 여기저기 찾아보았다. 달빛에 비친 폐허를 이곳저곳 더듬다가 어둠 속에서 이상한 동물을 만져보기도 했다. 마침내 나는 스핑크스 근처 땅바닥에 드러누워 억제할 수 없는 참담한 기분으로 울었다. 오로지 비참한 기분에 젖었다. 그러다가 잠이 들었고 눈을 떴을 때는 이미 날이 밝았다. 참새 한 쌍이 손을 뻗으면 닿을 만한 거리의 잔디밭에서 깡충깡충 뛰어다녔다.

나는 아침의 상쾌함 속에서 눈을 떠 일어나 앉았다. 어떻게 이곳으로 오게 되었는지, 왜 이처럼 심한 황폐감과 절망감이 느껴지는지 생각해내려 애썼다. 곧 머릿속에 모든 기억이 선명하게 떠올랐다. 밝은 햇빛에 모든 것이 똑똑히 보이자, 현재 당면한 내 상황을 분명히 알 수 있었다. 지난밤에 미친 듯 날뛰었던 어리석은 짓이 머릿속에 확연히 떠오르면서 이제는 나 자신을 타이를 수 있었다. "최악의 경우를 한번 생각해보자." 내 입에서 나온 말이었다. "타임머신을 완전히 잃고 만다면, 아니 완전히 파괴됐다면 어찌해야 할까? 침착하게 마음을 다잡고 견디어내야 해. 이곳 사람들의 생활 방식을 배우고 잃은 타임머신의 제작 방법을 아주 또렷이 기억해내야만 해. 그러곤 재료와 연장을 구할 방법을 알아내어 언젠가는 타임머신을 또 한 대 만드는 거야." 그것만이 유일한 희망이었다. 그래도 절망한 채 있는 것보다는 나았다. 게다가 여하튼 이곳은 아름답고도 호기심을 자극하는 세계였다.

하지만 타임머신은 그저 다른 곳으로 옮겨놓기만 한 것 같았다. 그러니 더욱더 침착하게 견디어내며, 타임머신을 숨긴 곳을 찾아내고 완력을 쓰든가 아니면 속임수를 써서 되찾아야만 한다. 이렇게 생각하고는 힘내어 몸을 일으키고 씻을 만한 곳이 있는지 주위를 살펴보았다. 나는 몹시 지쳐 몸이 뻣뻣했고 오랫동안 설치고 다닌 탓에 몸이 흙투성이가 된 느낌이 들었다. 상쾌한 아침이었기에 나도 똑같이 상쾌한 기분이 되고 싶었다. 감정을 너무 소진한 상태였다. 다시 타임머신을 찾아나서면서 왜 어젯밤에 그토록 격렬하게 흥분했는지 의아했다. 작은 잔디밭 근처의 바닥을 주의 깊게 살펴보았다. 마침 지나가는 작은 사람들에게 내가 할 수 있는 온갖 짓을 다해 물어보려고 했지만 시간만 낭비할 뿐 아무런 소용이 없었다. 그들은 내 몸짓을 이해하지 못했던 것이다. 어떤 사람들은 그저 바라볼 뿐 아무런 반응을 보이지 않았고, 어떤 이들은 내가 무슨 익살이라도 부린다고 생각하는지 나를 보고 웃어댔다. 나는 웃는 그들의 예쁜 얼굴을 갈겨주고 싶은 마음이 간절했지만 억지로 참아냈다. 그들의 얼굴을 갈기는 짓은 어리석은 충동이었지만 공포와 맹목적인 분노에 사로잡혀 제정신이 아니었던 나로서는 내게 닥친 혼란스러움을 무척 참기 힘들었다. 그러면서도 그 혼란스러움에 계속해서 편승하고 싶었다. 그들에게 물어보느니 차라리 잔디밭을 살펴보면서 훨씬 더 많은 단서를 얻을 수 있었다. 나는 잔디밭 위에 한 줄기 홈이 파인 것을 발견했다. 스핑크스 받침대와 내가 이곳에 도착하던 날, 뒤집힌 타임머신을 일으켜 세우려 애를 쓰다가 낸 내 발 자국 사이의 중간쯤에 있었다. 그 밖에 타임머신을 옮긴 다른 흔적도 있었다. 나무늘보의 발자국이라고 생각되는 묘하게 생긴 가느다란 발자국도 나 있었다. 그런 사실 때문에 나는 받침대를 좀 더 집중해서 보았다. 앞서 말했지만, 그것은 청동으로 만들었다. 그저 청동 덩어리가 아니라 양쪽에 깊게 테를 짜 넣은 청동판들로 정교하게 장식된 것이었다. 그곳으로 다가가 청동판들을 두드려보았다. 받침대 안은 텅 비었다. 청동판들을 자세히 살펴보니 판과 틀이 분리되었음을 알 수 있었다. 손잡이나 열쇠 구멍 같은 것은 없었지만 이 청동판이 문이라고 한다면, 그 판은 안에서 열게 되어 있을 것이다. 이제 한 가지 사실만은 분명해 보였다. 타임머신은 바로 저 받침대 안에 있을 것이라고 별로 어렵지 않게 추론할 수 있었다. 하지만 어떻게 그곳으로 옮겨졌을까 하는 것은 또 다른 차원의 문제였다.

오렌지색 옷을 입은 두 사람의 머리가 덤불을 빠져나와 꽃으로 뒤덮인 사과나무 밑을 지나 내게 다가오는 모습이 보였다. 나는 그들에게 웃음을 지어 보이며 이쪽으로 오라고 손짓을 했다. 그들이 다가오자 나는 청동 받침대를 가리키며 그것을 열고 싶다는 뜻을 몸짓으로 암시했다. 그러나 내가 받침대를 가리키자마자, 그들은 아주 이상한 행동을 보였다. 그들의 표정을 어떻게 표현해야 할지 모르겠다. 한번 가정해보자. 여러분이 우아한 여성 앞에서 매우 천박한 몸짓을 해 보인다면, 과연 그 여성이 어떤 표정을 보일까? 그 두 사람이 바로 그런 여성이 보였을 만한 표정을 지었던 것이다. 그들은 아주 심한 모욕을 당했다는 듯 훌쩍 내게서 떠났다. 다음에는 상냥해 보이는, 흰옷을 입은 작은 사람에게 똑같은 몸짓을 해 보였는데, 결과는 마찬가지였다. 웬일인지 그자의 그런 태도에 나는 수치심을 느꼈다. 하지만 여러분도 알다시피, 반드시 타임머신을 찾아야만 했기에 다시 한번 시도해보았다. 그러자 그도 다른 사람들처럼 나를 피하려 했다. 나는 결국 치미는 화를 참지 못했다. 나는 그를 뒤쫓아 세 걸음만에 그의 목 언저리 느슨한 옷자락을 잡고는 스핑크스 쪽으로 끌고 갔다. 하지만 어느 순간 그의 얼굴에 드리운 공포와 증오의 표정을 보고는 얼른 그를 잡은 손을 놓고 말았다.

하지만 아직 패배를 인정한 것은 아니었다. 나는 주먹으로 청동판을 두드렸다. 안에서 무슨 소리가 나는 것 같았다. 더 정확히 말하면 낄낄거리며 웃는 소리였다. 하지만 잘못 들은 것이 분명하다고 생각했다. 이제 강가에서 커다란 돌을 가져와 소용돌이 문양의 장식이 으깨지고 푸른 녹이 가루가 되어 떨어질 때까지 두드려댔다. 작은 사람들은 감각이 예민한 터라 내가 거세게 두드려대는 소리를 어느 방향이든 1.2킬로미터 떨어진 거리에서도 충분히 들을 수 있었을 것이다. 하지만 그들은 아무런 반응을 보이지 않았다. 비탈에 모인 사람들 한 무리가 슬쩍 나를 엿볼 뿐이었다. 마침내 더위와 피로감에 나는 땅바닥에 주저앉아 그저 받침대만을 쳐다보았다. 하지만 안달이 났던지라 그렇게 계속 받침대를 쳐다보기만 할 수는 없었다. 나는 오랫동안 마냥 쳐다보기만 하는 것을 견디지 못하는 서양인이었다. 여러 해 동안 한 가지 문제를 푸는 데 매달릴 수는 있지만, 아무런 일도 하지 않고 마냥 24시간을 기다리는 것은 있을 수 없는 일이었다.

잠시 후 나는 일어나 목적 없이 덤불숲을 헤치고 다시 언덕 쪽으로 걸어가기 시작했다.

"참아야 해."

내가 중얼거렸다.

"타임머신을 되찾고 싶으면 저 스핑크스를 건드리지 말아야 해. 저들이 타임머신을 빼앗을 작정이라면, 청동판을 부순다 해도 아무 소용이 없을 거야. 그리고 저들이 빼앗을 의도가 없다면, 돌려달라고 하면 곧 돌려줄 거야. 꼭 풀어야 할 난제를 앞에 두고 풀 수도 없는 것들에 골몰하는 것은 헛된 짓이야. 그런 짓을 하다가는 미친 편집광이 되기 십상이지. 이 세계를 직시해야 해. 이곳의 생활 방식을 배우며 잘 살펴보아야 해. 하지만 그 의미를 너무 성급하게 판단하는 일이 없도록 주의해야 할 거야. 그러다 보면 마침내 타임머신을 되찾을 수 있는 단서를 찾을 수 있을 거야."

그때 문득 이런 처지가 우스꽝스럽다는 생각이 들었다. 나는 미래 세계로 가기 위해 몇 년에 걸쳐 연구에 매진하며 힘써왔다. 한데 이제는 그 미래 세계에서 벗어나려고 몹시 법석을 부리는 것이다. 이제껏 사람이 고안한 적이 없는 가장 복잡하고 가장 빠져나올 가능성이 희박한 함정에 스스로 빠져버리고 만 것이다. 내가 판 함정에 빠지고는 빠져나오지 못하는 것이다. 이런 생각을 하자, 내 입에서 웃음소리가 크게 터져 나왔다.

다시 궁전같이 생긴 커다란 건물로 들어가자, 작은 사람들이 나를 피하는 듯했다. 그저 내 느낌일 수도 있고, 아니면 내가 좀 전에 청동문을 두드렸던 일 때문인지도 모른다. 어쨌든 그들이 나를 피하는 게 확실한 것 같았다. 하지만 나는 개의치 않는다는 태도를 보이며 그들을 뒤쫓아가지 않으려고 주의했다. 그렇게 하루 이틀이 지나자 모든 것이 전과 다름없는 관계로 돌아갔다. 그들의 언어도 조금 늘었고, 게다가 이곳저곳도 돌아다니며 살펴보았다. 내가 그들의 언어에서 미묘한 점을 놓친 것인지 아니면 그들의 언어가 원래 매우 단순한 것인지는 모르겠으나 그들의 언어는 거의 전적으로, 구체적인 명사와 동사로 이루어졌다. 추상명사는 있다 해도 아주 적고, 수식어는 거의 사용하지 않는 듯했다. 문장은 대체로 간단해서 단어 두 개로 이루어졌다. 그렇다 보니 나는 그들과 아주 간단한 의사만을 주고받을 수 있을 뿐이었다. 나는 타임머신과 스핑크스 청동문의 수수께끼에 관한 생각은 될 수 있는 대로 기억 한구석에 담아두기로 했다. 더 많은 지식을 얻게 되면 자연스럽게 내가 원하는 것에 접근할 수 있게 될 것이다. 하지만 여러분도 짐작했을지 모르지만, 나는 왠지 이상한 기분이 들어, 내가 처음 도착한 지점에서 사방으로 몇 킬로미터를 벗어나려 하지 않았다.

둘러보니, 템스강 유역처럼 사방이 풍요로워 보였다. 어느 언덕이든 오를 때마다 둘러보면, 언제나 화려한 건물들이 많이 눈에 들어왔는데, 자재와 형태가 제각각 달랐다. 그리고 한결같이 우거진 상록수 숲과 활짝 꽃을 피운 나무들과 양치류들도 눈에 들어왔다. 여기저기에는 강물이 은빛으로 빛났고, 그 너머의 땅은 솟아올라 파랗게 굽이치는 언덕이 되더니 어느새 고요한 하늘 속으로 사라졌다. 곧 특이한 것이 내 시선을 끌었다. 그것은 원형 우물 여러 개로 아주 깊어 보였다. 그중 하나는 내가 처음으로 언덕에 오를 때 걸어갔던 길 옆에 자리잡고 있었다. 그것은 다른 우물들과 마찬가지로 청동으로 테두리가 쳐졌고 묘한 모양이었다. 그리고 그 위에는 비를 막는 작고 둥근 지붕이 얹혔다. 여러 우물가에 앉아 그 어둠 속을 내려다보았지만 반짝이는 우물물은 보이지 않았다. 성냥불을 켜보아도 빛이 반사되는 게 보이지 않았다. 그러나 어느 우물 안에서나 어떤 소리가 들려왔다. 쿵, 쿵, 쿵. 마치 커다란 엔진이 돌아가는 소리 같았다. 그리고 너울거리는 성냥불을 통해 우물 아래로 공기가 계속 흘러 들어간다는 것을 알 수 있었다. 게다가 종잇조각을 우물의 아가리 속으로 던져보았더니, 종이가 팔랑이며 천천히 떨어지는 것이 아니라 금방 빨려 들어가 순식간에 눈앞에서 사라졌다.

얼마 후 나는 이 우물들이 비탈 여기저기 선 높은 탑들과 어떤 관련이 있을 것이라고 생각했다. 왜냐하면 더운 날에 햇빛이 쨍쨍 내리쬐는 해변에서 볼 수 있는 것과 같은, 공기 중에 아른거리는 아지랑이를 탑 꼭대기에서 종종 보았기 때문이다. 이런 점들로 미루어 보아, 분명히 지하에 거대한 통풍 시설이 있을 것이라고 추측할 수 있었다. 하지만 그 시설의 목적이 무엇인지에 대해선 상상하기도 힘들었다. 맨 처음에 머릿속에 떠오른 생각은 그것이 이곳 사람들의 위생 시설과 관련이 있을 거라는 거였다. 옳은 판단 같았지만 완전히 잘못된 생각이었다.

여기서 시인해야겠는데, 나는 이 실재 미래 세계에 머무른 동안에 배수관이나 운송 수단과 그 밖에 문명의 이기 따위에 대해서는 거의 알 수가 없었다. 내가 읽어본 유토피아나 미래의 이야기에는 건물이나 사회 제도 따위에 대해 아주 상세히 씌어 있다. 하지만 그런 세계에 대한 상세한 이야기는 전적으로 상상력에 의존한다면 파악하기 어렵지 않겠지만, 내가 이곳에서 발견한 것과 같은 실재의 미래 세계를 여행하는 사람으로서는 무척 어려웠다. 난생처음 런던을 찾아온 중앙아프리카의 한 흑인이 자기 부족에게로 돌아가 런던에 관해 들려준다고 상상해보라! 철도 회사나 사회 운동, 전화와 전신, 소포 운송 회사, 우편환 따위에 관해 그가 이해할 수 있겠는가? 그래도 적어도 우리는 그 흑인에게 기꺼이 그 모든 것에 관해 설명해주려 할 것이다! 하지만 그가 알아들었다고 해도 런던에 와본 적이 없는 친구에게 얼마만큼이나 이해시키고 믿게 할 수 있겠는가?

더욱이 우리가 사는 시대의 한 아프리카 흑인과 백인 사이에는 별로 큰 차이가 없겠지만 나 자신과 이 미래의 황금 시대에 사는 인간 사이에는 정말 엄청난 간격이 있다! 나는 내가 직접 보지 못한 것들이 많다는 것을 직감할 수 있었다. 그것들은 내게 편안함을 주었을 것이다. 그러나 자동 장치가 있을 것이라고 추측했을 뿐 나는 유감스럽게도 이 미래 세계의 특이한 것들에 대해서 여러분에게 설명할 것이 거의 없다.

예컨대 장례 문제를 보면, 그곳에서는 화장터나 묘지로 보이는 것이 전혀 눈에 띄지 않았다. 하지만 내가 아직 가보지 않은 곳 어딘가에 화장터나 묘지가 있으리라고 생각했다. 이 문제에 관해 재차 깊이 생각해봤지만, 아무래도 호기심을 충족시킬 만한 답을 얻을 수는 없었다. 이 문제로 어리둥절한 상황에서 나는 더더욱 어리둥절한 문제에 부딪치게 됐다. 이곳 사람들 중에는 노인이나 병자가 없다는 점이었다.

고백하건대, 급속한 문명화의 진전에 따라 인류가 퇴화했을 것이라고 내가 앞서 내세웠던 이론에 대한 만족감은 오래 지속되지 못했다. 그러나 나는 다른 설명을 생각해낼 수 없었다. 몇 가지 난점을 들어보겠다. 내가 이미 살펴본 거대한 건물들 몇 개는 단순히 주거용이나 식당, 또는 침실 따위로 이용되고 있었다. 어떤 기계류나 설비도 보이지 않았다. 그럼에도 이곳 사람들은 좋은 직물로 만든 옷을 입었다. 아마 가끔 갈아입어야만 할 것이다. 그리고 그들은 장식은 없지만, 매우 복잡한 금속 세공 과정을 거쳐 만든 샌들을 신었다. 그런 옷과 샌들은 만들어진 게 분명한데 대체 어디에서 어떻게 만들었단 말인가! 그리고 이 작은 사람들은 뭔가 만드는 기색을 전혀 보이지 않았다. 게다가 가게도 작업장도 없을 뿐만 아니라 외부 지역에서 물건을 가져오는 기미도 보이지 않았다. 그들은 하루 종일 느긋하게 놀거나 강에서 멱을 감거나, 장난에 가깝게 서로 사랑을 나누거나 과일을 먹고 잠을 자거나 하면서 보냈다. 어떻게 그런 생활을 유지해갈 수 있는지 알 수 없었다.

그럼 다시 타임머신 이야기로 돌아가보자. 정체는 알 수 없지만 무언가가 타임머신을 하얀 스핑크스의 텅 빈 받침대 속으로 옮긴 것이었다. 도대체 왜 그랬을까? 나로서는 도저히 이해할 수가 없었다. 물이 없는 우물이며 아지랑이가 피어오르는 탑도 이해할 수가 없었다. 실마리조차 잡을 수 없었다. 그때 내가 느꼈던 기분을 어떻게 설명해야 할까? 예를 들어 곳곳에 아주 쉬운 영어 글귀로 새겨진 비문 하나가 있다고 생각해보자. 한데 그런 글귀와 함께 중간 중간에 전혀 알 수 없는 낱말이나 글자가 삽입되었다면 어떻겠는가? 음, 바로 그런 느낌이 도착한 지 사흘째 되는 날에 서기 80만 2701년의 세계에 대해 느꼈던 바였다!

그날 내게 일종의 친구가 한 명 생겼다. 내가 작은 사람들 몇 명이 얕은 물가에서 물놀이를 하는 모습을 바라볼 때 한 사건이 발생했다. 그들 중 한 사람이 갑자기 몸에 쥐가 나 하류 쪽으로 떠내려가기 시작했다. 그 강 한가운데 물살은 꽤나 셌지만 웬만큼 수영을 할 수 있는 사람으로서는 큰 어려움 없이 헤엄칠 수 있을 만한 곳이었다. 내가 하는 말에 여러분은 이 작은 존재들이 기이할 정도로 허약하다는 걸 이해할 텐데, 바로 눈앞에서 익사할 지경이 되어 무기력하게 울부짖는 사람을 보고도 어느 한 사람 그를 구하려는 시늉조차 하지 않았다. 이런 현실을 깨닫고 나는 서둘러 옷을 벗어 던지고 하류 쪽으로 헤엄쳐 내려가서 그 불쌍한 작은 사람을 잡아 뭍으로 안전하게 끌어올렸다. 얼마간 팔다리를 주물러주자 곧 정신을 차렸다. 나는 그녀가 완전히 제정신을 회복한 것을 확인하고는 다행으로 생각하며 자리를 떴다. 이미 이들 종족에 대해서 아주 낮게 평가했기 때문에 그녀에게 감사의 말을 들으리라고는 기대하지 않았다. 하지만 그런 나의 생각은 틀렸다.

이 사건은 아침에 일어난 일이었다. 오후에 나는 탐험을 마치고 내 본거지로 돌아가던 중에 그녀를 만났다. 난 바로 그녀라고 생각한다. 그녀는 반가운 듯 큰 소리로 외치며 나를 맞이하더니 커다란 화환을 내게 주었다. 분명 그것은 오로지 나를 위해 만든 것이었다. 그녀가 건네준 화환은 나를 몽상에 젖게 했다. 그동안 나는 몹시 외로웠던 모양이다. 어쨌든 나는 그녀의 선물에 최대한 감사의 표시를 보였다. 곧 우리는 돌로 지은 작은 정자에 앉아 대화를 나누게 되었다. 대화는 주로 서로 웃음을 짓는 것이었다. 그녀의 우호적인 태도는 어린아이의 그것처럼 내 마음에 감동을 주었다. 우리는 서로에게 꽃을 내밀었고 그녀는 내 양손에 입을 맞추었다. 나도 그녀의 양손에 입을 맞추었다. 그러고 나서 나는 그녀와 말을 나누어 그녀의 이름이 위나라는 것을 알아냈다. 그 이름이 어떤 의미인지는 알 수 없었지만 그녀에게 아주 잘 어울리는 이름인 것처럼 느껴졌다. 이로써 그녀와 기묘한 우정이 시작되었다. 그녀와의 우정은 일주일 동안 지속되고는 끝을 맺었다. 이 이야기는 차차 들려줄 것이다!

그녀는 정말 어린아이 같았다. 그녀는 항상 내 곁에만 붙어 있으려 했다. 내가 가는 곳은 어디든 따라오려 했다. 그러던 중 그녀는 그다음번 탐사 여행 때에 나를 따라나섰다가 가엾게도 지쳐 쓰러지고 말았다. 어쩔 수 없이 나는 그녀를 그대로 두고 떠날 수밖에 없었다. 지친 그녀는 애처로운 목소리로 나를 불러댔지만 나로선 어쩔 수 없었다. 나는 이 세계에 대한 의문을 완전히 풀어야만 했기 때문이다. 나는 작은 여자애와 연애나 하려고 이 미래 세계에 찾아온 건 아니라고 혼잣말을 하며 마음을 다잡았다. 하지만 내가 그녀를 남겨두고 떠날 때마다 그녀는 몹시 슬퍼했다. 헤어질 때마다 매달리며 애원하는 그녀 모습은 이따금씩 광적이곤 했다. 나는 그녀의 애착에 위안도 받았지만 한편으로는 그만큼 곤혹스럽기도 했다. 그렇지만 여하튼 그녀는 내게 큰 위안이 되었다. 그녀가 내게 매달리는 것은 단지 어린아이 같은 애정 때문이라고 생각했다. 그때는 미처 몰랐지만, 그녀를 떼어놓은 것이 그녀에게 고통을 안겨주었다. 그리고 그때는 그녀가 내게 어떤 존재인지 미처 깨닫지 못했다. 그녀는 나를 좋아하는 듯한 표정을 지으며 어색하고 서툰 몸짓으로 나에 대한 애정을 표현했다. 작은 인형 같은 그녀의 그런 모습 때문에 나는 하얀 스핑크스 곁으로 돌아오면, 마치 고향에라도 돌아온 듯한 기분이 들었다. 또한 나는 언덕을 넘어 돌아오기만 하면, 곧바로 하얗고 금빛 나는 옷을 입은 그녀의 작은 모습을 찾게 되었다.

그녀에게서 또한, 이 세계에도 아직 공포라는 감정이 없어지지 않았다는 것을 알게 되었다. 그녀는 낮에는 조금도 두려워하지 않았고 나를 이상하리만큼 믿었다. 한번은 갑자기 엉뚱한 생각에, 내가 그녀에게 위협적인 표정을 지어 보였는데도 그녀는 그저 웃을 뿐이었다. 하지만 어둠과 그림자와 검은 것들을 몹시 두려워했다. 어둠이 그녀가 유일하게 두려워하는 것이었다. 그 두려움은 너무나 격한 감정이었기 때문에 나는 그것에 고심하면서 면밀히 살펴보았다. 이윽고 나는 여러 가지 사실과 더불어 이 작은 사람들은 날이 어두워지면 커다란 집에 모여 함께 잠을 잔다는 사실을 알게 됐다. 불을 밝히지 않고 집 안으로 들어가면 그들은 공포에 휩싸여 소동을 일으켰다. 어두워지면 문 밖으로 나오는 사람은 아무도 없었고, 집 안에서도 혼자 자는 사람은 아무도 없었다. 그런데도 나는 정말 멍청하게도 그들의 공포의 실체를 간파하지 못하고 위나가 불안해하는데도, 무리를 이룬 이 사람들과 떨어져 잠을 자겠다고 고집하곤 했다.

그런 나의 고집에 위나는 몹시 괴로워했다. 하지만 마침내 나에 대한 이상한 애정 때문에 그녀는 두려움마저 극복하고 우리가 알게 된 이후로 마지막 밤을 포함한 다섯 밤을 내 팔을 베고 잤다. 한데 그녀에 대한 얘기를 하느라 이야기가 많이 빗나갔다. 그녀를 구했던 날, 그 전날 밤이었는데 나는 새벽녘에 잠에서 깨어났다. 웬일인지 그날 밤 나는 잠을 못 이루다가 아주 나쁜 꿈을 꾸었다. 내가 물에 빠지고 그런 내 얼굴을 말미잘이 부드러운 촉수로 쓰다듬는 꿈이었다. 나는 깜짝 놀라 잠에서 깨어났다. 방금 희끄무레한 어떤 짐승이 방에서 뛰쳐나간 것 같은 이상한 느낌이 들었던 것이다. 다시 잠을 자려 했지만 마음이 진정되지 않고 불안한 느낌이 들었다. 주위가 어두운 잿빛에 휩싸였을 시간이었다. 그때 여러 가지 것이 어둠 속에서 기어나왔는데, 그것들은 전부 하나같이 색깔은 없지만 그 윤곽만큼은 뚜렷했다. 그렇지만 실재하는 것 같지는 않았다. 나는 일어나 커다란 홀로 들어갔다. 그러곤 궁전 앞 포석 위로 나왔다. 잠을 이룰 수 없어 해돋이라도 보려는 생각에서였다.

달은 기울어가고 있었다. 약해지는 달빛과 막 깨어난 여명이 뒤섞여 왠지 으스스하게 어스름한 빛을 발했다. 덤불숲은 잉크처럼 새까맣고, 땅은 칙칙한 회색빛이었고, 하늘은 아무 색깔 없이 음산했다. 나는 언덕 위에서 유령들을 본 것 같은 생각이 들었다. 비탈을 살펴보려니, 몇 번인가 하얀 형체가 눈에 들어왔다. 온통 하얀 몸체에 원숭이처럼 생긴 놈이 몹시 빠른 걸음으로 언덕 위로 뛰어오르는 것을 두 차례 보았고, 그러한 놈들이 폐허 더미 근처에서 뭔가 시커먼 물체를 나르는 것을 한 차례 보았다. 그놈들은 재빨리 움직였다. 그 후로 그놈들이 어떻게 되었는지는 알 수 없었다. 덤불숲 속으로 사라진 듯했다. 여러분은 아직 여명은 흐릿하다는 것을 알아야 한다. 여러분도 느낀 적이 있겠지만, 나는 이른 아침이면 느껴지곤 하는 알 수 없는 오싹한 기분에 사로잡혔다. 내 두 눈이 의심스러웠다.

동녘 하늘이 차차 밝아오면서 햇빛이 점차 퍼지자, 세상이 다시 한번 생기 넘치는 색깔로 물들기 시작했다. 나는 예리한 눈빛으로 주위를 둘러보았다. 하지만 하얀 형체들의 흔적은 전혀 보이지 않았다. 그것들은 그저 새벽의 어스름한 빛이 만들어낸 환영일 것이다.

"그것들은 유령이 분명하다."

내 입에서 나온 말이었다.

"한데 어느 시대의 유령일까."

그랜트 앨렌*의 기묘한 주장이 머릿속에 떠올라 우스운 생각이 들었던 것이다. 그의 주장에 따르면, 각 세대마다 사람들이 죽어서 유령이 된다면 결국 세상은 온통 유령들로 가득 차게 될 것이다. 이 이론에 따르면, 80만 년이 흐르면서 유령들은 엄청나게 증가했을 것이다. 그렇다면, 한 번에 유령을 넷씩이나 보았다고 하더라도 그

* 1848~1899, 영국의 작가 및 과학 저술가

리 놀랄 일은 아닐 것이다. 하지만 이런 농담도 마음에 안정을 주지 못했다. 아침나절 내내 새벽녘에 보았던 형체들이 머릿속에서 떠나지 않았다. 그러던 중에 위나를 구한 사건이 일어나고서야 그 생각에서 벗어날 수 있었다. 나는 그 형체들이 내가 처음에 미친 듯이 타임머신을 찾던 중에 나를 깜짝 놀라게 했던 하얀 동물과 어떤 관련이 있지 않을까 생각해보았다. 하지만 그런 생각보다는 위나에 대한 생각이 훨씬 더 즐거웠다. 그러나 그렇더라도 곧 그 형체들은 나의 마음을 더욱더 괴롭히게 되었다.

아마 이미 말했을 테지만, 이 황금 시대의 기후는 우리 세계보다 훨씬 더 더웠다. 그 이유는 모르겠다. 태양이 더 뜨거워졌거나 아니면 지구가 태양에 더 가까이 접근하게 됐기 때문일지도 모른다. 흔히들 태양이 앞으로 점점 식어갈 것이라고 생각한다. 하지만 다윈 2세*의 이론과 같은 주장을 잘 모르는 사람들은 행성들이 결국에는 하나 둘씩 그 어미별로 돌아가게 될 것이라는 사실을 망각했다. 그러한 파국이 일어나면 태양은 새로운 에너지를 얻어서 더욱더 밝게 빛날 것이다. 어쩌면 어떤 지구형(型) 행성**은 이미 그런 운명을 맞이했는지도 모른다. 이유가 무엇이든 태양은 우리가 아는 것보다 훨씬 더 뜨겁다는 것은 분명한 사실이다.

---

* 《종의 기원》으로 유명한 생물학자 찰스 다윈의 둘째 아들로 천문학자다.

** 구성 물질이 지구와 비슷한 행성으로 수성·금성·화성 등을 말한다.

그런데 몹시 무더운 어느 날 아침 — 이곳에 온 지 나흘째 되던 날일 것이다 — 나는 더위와 햇볕을 피하려고 잠을 자고 식사를 하던 커다란 집 근처에 있던 거대한 폐허 속으로 들어갔다. 그때 나는 그 안에서 이상한 것과 마주쳤다. 무너진 벽돌 더미 위로 기어 올라갔더니 비좁은 복도가 나타났다. 그 복도의 끝과 양쪽 창문은 무너져 내린 돌 더미들로 막혔다. 밝은 바깥에 있었던 탓에 그곳은 처음에는 몹시 어둡게 느껴졌다. 나는 손으로 더듬거리며 안으로 들어갔다. 갑자기 밝은 곳에서 어두운 곳으로 들어갔던 탓에 눈앞에 색색의 점들이 아른거렸기 때문이다. 갑자기 나는 뭔가에 홀린 듯 멈춰서고 말았다. 바깥의 햇빛을 받아 반짝이는 두 눈이 어둠 속에서 나를 노려보았다.

옛부터 내게 있던 맹수에 대한 본능적인 두려움이 엄습했다. 나는 두 주먹을 불끈 쥐고 반짝이는 두 눈동자를 빤히 노려보았다. 두려워서 달아나려 등을 돌릴 수도 없었다. 그때 문득 사람들이 아주 안전하게 살아간다는 생각이 머릿속에 떠올랐다. 그런 생각을 하자, 내가 어둠에 대해서 이상하게 공포를 느낀다는 생각이 들었다. 나는 웬만큼 공포를 억누르고 한 발을 앞으로 내디디며 말을 걸어보았다. 하지만 솔직히 말하자면, 내 목소리는 떨리며 부정확한 소리를 냈다. 손을 뻗자 뭔가 부드러운 것이 손에 닿았다. 순간 두 눈이 옆으로 휙 움직이면서 하얀 것이 내 옆으로 재빨리 지나갔다. 나는 깜짝 놀라 뒤돌아보았다. 작은 원숭이처럼 생긴 기묘한 형체가 기묘한 자세로 머리를 숙이고는 나를 지나쳐 햇볕이 내리쪼이는 공간을 가로질러 달려가는 것이 보였다. 놈은 화강암 덩어리에 부딪히자 휘청거리더니, 비틀비틀 옆으로 비켜가서 이내 또 다른 무너진 벽돌 더미 밑의 검은 그림자 속으로 사라져버렸다.

물론 정확히 보지는 못했지만, 놈의 몸은 우중충한 흰색이었고 놈의 이상하리만큼 커다란 두 눈은 회색빛이 감도는 붉은색이라는 것을 알 수 있었다. 또한 놈의 머리에서 등 아래로 아마빛 털이 난 것을 알 수 있었다. 하지만 이미 말했듯이 놈은 너무 빨리 달아나 분명하게 볼 수는 없었다. 놈이 네 발로 달렸는지 아니면 다만 팔을 축 늘어뜨리고 달렸던 것인지조차 명확히 알 수 없다. 나는 한숨 돌리고는 놈이 갔던 길을 따라 제2의 폐허 더미 속으로 들어갔다. 처음에는 알아보지 못했지만 얼마 후에 아주 어두컴컴한 곳에서 앞서 말한 바 있는 둥근 우물 모양의 구멍들 중 하나를 발견하게 됐다. 이런 우물이 여럿 있다고 전에 말했다. 그 구멍은 쓰러진 기둥이 반쯤 가렸다. 그때 불현듯 머릿속을 스치는 생각이 있었다. 그놈이 이 우물 속으로 사라진 게 아닐까? 나는 성냥불을 켜고 우물 속을 들여다보았다. 작고 하얀 생물이 번쩍이는 커다란 두 눈을 내게서 떼지 않은 채 달아났다. 온몸에 소름이 돋았다. 인간처럼 생긴 거미인가! 놈은 우물 속을 기어 내려가고 있었던 것이다. 하지만 그때 비로소 나는 우물 안에 손과 발을 걸칠 수 있는 일종의 사다리 역할을 하는 금속 물체가 많이 붙었다는 것을 알게 되었다. 순간 나는 타들어간 성냥불에 손가락을 데며 그것을 놓치고 말았다. 성냥불은 아래로 떨어지며 꺼져버렸다. 다시 성냥불을 켰을 때는 그 작은 괴물이 이미 사라진 뒤였다.

얼마 동안 우물가에 앉아 그 안을 들여다보았는지 모르겠다. 내가 방금 본 놈이 인간이라고 좀처럼 믿기지 않았다. 하지만 차츰 나는 진실을 분명히 깨달았다. 결국 인류는 한 종으로 존속되지 않고 서로 다른 두 종의 생물로 분화한 것이었다. 지상에 사는 우아한 작은 사람들만이 우리의 후손은 아니었다. 내 곁을 쏜살같이 스쳐 갔던 하얀색 흉측한 몰골의 야행성 동물도 우리의 후손이었던 것이다.

아지랑이가 피어오르던 탑 꼭대기와 지하 환기 장치의 존재 가능성이 머릿속에 떠올랐다. 이제 그것들의 실제 목적이 무엇일지 짐작되기 시작했다. 한데 이 여우원숭이처럼 생긴 놈은 대체 무슨 짓을 한 걸까? 나는 완전히 평정을 찾고는 골똘히 생각해보았다. 놈은 태평스럽고 평온하게 지내는 지상 세계의 아름다운 인간들과는 어떤 관련이 있을까? 우물 속 저 아래에는 무엇이 숨어 있을까? 나는 우물가에 허리를 펴고 앉아서 나 자신에게 말했다. "아무튼 두려워할 필요는 없어. 현 난제를 풀려면 내려가보는 수밖에." 하지만 막상 내려가려니 무척 두려웠다! 그리고 그렇게 주저하는데, 지상 세계의 아름다운 사람 둘이 연애 놀이를 하며 햇빛 속을 가로질러 그늘 안으로 들어왔다. 남자는 여자에게 꽃을 던지며 그녀를 쫓아왔다.

그들은 쓰러진 기둥에 팔을 기댄 채 우물 속을 내려다보는 나를 발견하고는 매우 난처한 표정을 지었다. 분명 이 우물들에 대해 거론하는 것이 금기시되는 듯했다. 왜냐하면 내가 손으로 우물을 가리키며 그들의 말로 그것에 관해 질문을 하려 하자 그들이 더욱더 난처한 표정을 지으며 얼굴을 돌려버렸기 때문이다. 하지만 그들은 내가 가진 성냥불에는 흥미를 보였다. 그래서 나는 그들의 관심을 끌려고 여러 번에 걸쳐 성냥에 불을 붙여 보였다. 그러곤 그들에게 그 우물에 대해 다시 물어보려 했지만 이번에도 실패하고 말았다. 그래서 나는 그들을 남겨두고 곧 그곳을 떠났다. 위나에게로 돌아가서 그녀에게 내 궁금증을 물어보려는 생각에서였다. 하지만 내 생각은 이미 바뀌었다. 내 추측과 생각이 새롭게 조정되었다. 나는 그때 이 우물과 환기용 탑, 유령의 수수께끼 따위가 무슨 의미가 있는지 알아낼 단서를 얻게 된 것이다. 물론 청동문이나 타임머신의 운명에 대해서도 알 만한 단서를 얻었다! 그리고 내게 의혹을 던져 주었던 경제 생활의 문제에 대해서도 풀 수 있는 단서를 아주 미약하게나마 얻게 됐다.

나의 새로운 견해는 이렇다. 분명 인류의 이 두 번째 종은 지하에서 사는 생물이다. 그들이 지상으로 자주 나오지 못하는 것은 오랜 세월 동안 지속적으로 땅속에서 생활했기 때문일 것이다. 나는 특히 세 가지 점에서 그렇게 생각한다. 우선 땅속에서 사는 습성은 어두운 곳에서 사는 대부분의 동물들에게서 공통적으로 보이는 특성이다. 예컨대 켄터키의 동굴 속에서 사는 하얀 물고기가 그렇다. 다음으로 빛을 받아 반사하는 커다란 두 눈은 야행성 동물들이 지닌 공통된 특징이다. 올빼미나 고양이를 보면 알 수 있다. 마지막으로 햇빛에 노출되면 몹시 당황해하며 어두컴컴한 곳을 찾아 허둥지둥 달아나고 밝은 곳에서는 괴상하게 머리를 숙인 자세를 취하는 점으로 미루어보아, 그들 눈의 망막이 매우 민감하다는 사실을 알 수 있다.

그렇다면 내 발밑 지하에는 터널들이 엄청나게 뚫렸을 것이고, 그곳이 이 새로운 종족의 거주지일 것이다. 언덕 비탈을 따라 환기구멍과 우물이 존재하는 것—사실상 강 유역을 제외하고는 도처에 널린 것—은 그들의 거주지가 얼마나 널리 뻗어 있는지를 보여준다. 사정이 이렇다면, 지상의 종족들이 안락하게 생활할 수 있도록 하는 일이 이 인공적인 지하 세계에서 이루어질 거라는 사실을 당연히 생각할 수 있지 않겠는가? 이와 같은 견해는 아주 그럴듯하게 여겨졌기에 나는 곧 그 견해에 따라 어떻게 인류가 이처럼 두 종족으로 분화된 것인지 생각해보았다. 내가 생각해낸 이론이 어떤 모습일지에 대해선 여러분도 예상할 것이다. 하지만 나는 곧 그것이 실제 사실과는 거리가 멀다는 걸 깨닫게 되었다.

우선 우리 시대의 문제점들을 기반으로 생각해보면 모든 것이 명확해질 것이라고 본다. 현재에는 그저 일시적이고 사회적인 것에 지나지 않는 자본가와 노동자 사이의 차이가 점차 확대되었다고 하는 사실이 전체적인 입장을 푸는 열쇠였다. 분명 여러분에게는 이러한 사실이 아주 괴상하고 전혀 믿기지 않을 것이다! 하지만 현재의 상황을 보더라도 그러한 면이 존재한다는 것을 알 수 있다. 문명 사회에서 외견상 별로 보기 좋지 않은 것에 대한 용도로 지하 공간을 이용하려는 경향이 있다. 이를테면 런던의 지하철이 그렇다. 그곳에는 새로운 전철과 지하도, 지하 작업실과 식당이 있는데, 그 수는 점차 늘어나고 있다. 분명 이러한 추세가 늘어나게 됐고 마침내 산업 활동이 하늘 아래 지상에선 점차 사라지게 되었다고 생각된다. 그러한 추세에 따라 산업은 더욱더 깊고 더욱더 커져가는 지하 공장들에서 이루어지게 됐을 것이고 그곳에서 산업 활동 시간도 더욱더 증가했을 것이다. 그러다가 마침내……! 현재도 이스트엔드*의 노동자들은 지상의 자연에서 사실상 단절된 채 인공적인 환경에서 살아가지 않는가?

또한 부유한 자들에게는 배타적인 경향이 있어서 — 물론 이것은 그들의 교육 수준이 크게 향상되면서 가난한 자들의 교양 없는 거친 성향과 거리가 점점 더 멀어지게 됐기 때문이지만 — 이미 자신들의 이익에 따라 토지의 상당한 부분을 차지하고는 울타리를 쳐 사람들을 접근하지 못하게 통제한다. 예컨대 런던 교외에 있는 아름다운 토지의 절반 가량은 부자들이 점령하여 출입을 통제한다.

* 런던 동부의 빈민가

부유한 자들은 더 좋은 교육 과정을 위해서 더 많은 시간과 비용을 투자하고, 세련된 생활 습관에 필요한 편의 시설이 날로 늘어나고 그런 생활 습관에 대한 유혹이 커가면서 부유한 자들과 가난한 자들의 격차는 더욱더 커질 것이다. 그리고 그 결과 이 두 계급이 서로 바뀔 가능성은 더욱더 희박해질 것이고 현재 사회적 계층화에 따른 우리 종의 분화를 지연해주는 서로 다른 계급 간의 결혼을 통한 계층 상승은 점점 더 줄어들 것이다. 그리하여 결국엔 지상에서는 유산 계급이 쾌락과 안락과 아름다움을 추구하고, 지하에서는 무산계급인 노동자들이 노동 환경에 계속해서 순응해가게 된 것이다. 지하에 있으면서 무산 계급은 분명 동굴의 환기 요금을, 그것도 적지 않은 돈을 지불해야만 할 것이다. 요금 지불을 거부하면 굶어 죽거나 질식해서 죽게 될 것이다. 돈이 없는 궁핍한 자나 반항적인 자는 죽고 말 것이다. 마침내 이러한 두 계급 사이의 관계는 영구적인 것이 되고, 살아남은 지하 사람들은 지상 사람들이 지상의 환경에 적응해 행복하게 살아가듯이, 지하 생활에 적응해 그들 나름대로 행복한 삶을 영위해가게 됐을 것이다. 이런 점을 고려해볼 때 지상 사람들이 세련된 아름다움을 지닌 반면 지하 인간들이 아주 창백한 모습을 지닌 것은 매우 당연해 보인다.

내가 마음속으로 꿈꿔왔던 인류의 위대한 승리의 모습과는 거리가 멀었다. 이 미래 세계에서 보이는 것은 내가 상상했던 도덕적 교육의 승리나 전체적인 협력의 승리의 모습은 아니었다. 대신에 나는 오늘날 산업 체계의 논리적 귀결로 이루어진, 완성된 과학으로 무장한 실질적인 귀족 사회를 보았다. 귀족 사회의 승리는 자연에 대한 승리일 뿐만 아니라 자연과 동료 인간에 대한 승리였다. 미리 밝히자면, 이 이야기는 그 당시에 내가 생각한 이론이었다. 내게는 유토피아 소설에 나오는 도움을 주는 안내자는 없었다. 그러니 내 해석이 완전히 틀렸을지도 모른다. 하지만 나는 지금도 내 해석이 가장 타당성 있는 설명이라고 생각한다. 이러한 생각에 근거하더라도, 마침내 이룩한 균형 잡힌 문명은 이미 오래전에 그 전성기를 지나 이제는 쇠퇴기로 접어들었다. 지상 세계 사람들은 너무나 완벽한 안전한 생활 때문에 점차 퇴보의 길에 접어들어 체격, 체력, 지능 따위에서 전반적으로 쇠퇴하게 되었다. 나는 그것을 이미 분명하게 목격했다. 나는 지하 인간들에게 어떤 일이 일어났는지에 대해선 아직 알아내지 못했다. 하지만 내가 목격한 몰록— 말이 나온 김에 말하면 지하 인간들을 이렇게 불렀다— 종족의 모습으로 미루어보아, 인류의 신체적 변화는 엘로이, 즉 이미 내가 알던 지상의 아름다운 종족보다 지하 인간들에게서 크게 나타났음을 짐작할 수 있었다.

그때 문득 나를 괴롭히는 의문들이 떠올랐다. 왜 몰록들이 타임머신을 가져간 걸까? 내 생각에 그자들이 타임머신을 가져간 게 분명했다. 또한 엘로이들이 지배자라면 왜 내게 타임머신을 되찾아 줄 수 없는 걸까? 그리고 왜 그들은 어둠을 그토록 두려워하는 걸까? 나는 이미 말한 대로 위나에게 가서 지하 세계에 대해 물어보았지만 이번에도 실망만 하게 되었다. 그녀는 처음에는 내 질문을 이해해보려고도 하지 않았다. 그런 다음에는 대답하기를 거부했다. 그녀는 그런 따위 이야기는 도저히 참을 수 없다는 듯이 몸을 부들부들 떨었다. 그리고 내가 다소 심하게 강요했을 때는 울음을 터뜨렸다. 그 눈물은 내가 흘린 눈물 말고는 이 황금 시대에서 처음 목격한 눈물이었다. 눈물을 보자 나는 갑자기 몰록에 관한 일로 위나를 괴롭히는 짓을 그만두고 바로 그 인류의 유산의 흔적을 위나의 눈에서 지우고 싶을 뿐이었다. 내가 진지한 표정으로 성냥불을 켜자 위나는 금방 얼굴에 웃음을 띠며 손뼉을 치기 시작했다.

6

이상하게 들릴지 모르지만, 내가 아주 정확한 길을 찾아 새로 발견한 단서를 좇게 된 것은 그로부터 이틀이 지나고서였다. 나는 그 창백한 모습의 인간들을 생각하기만 하면, 이상하게도 뒷걸음질치고 싶은 기분이 들었다. 그들은 동물학 박물관에서나 볼 수 있을 법한 알코올에 담겨 있는 벌레나 동물처럼 새하얗게 탈색된 듯한 색깔을 하고 있었다. 그리고 손이 닿았을 때 느낀 건데, 그들의 몸은 소름이 돋을 정도로 차가웠다. 아마 내가 뒷걸음질친 것은 대체로 호의를 보인 엘로이들의 영향 때문일 것이다. 나도 이제 엘로이들이 몰록들을 몹시 싫어하는 까닭을 이해하기 시작했다.

이튿날 밤, 나는 제대로 잠을 이룰 수가 없었다. 몸 상태가 조금 좋지 않은 듯했다. 불길함과 회의감으로 마음이 무거웠다. 한두 차례 나는 이렇다 할 이유도 없이 엄습해오는 강렬한 공포를 느꼈다. 작은 사람들이 달빛을 받으며 자고 있는 커다란 홀로 살며시 들어갔던 일이 기억난다. 그날 밤에는 위나도 다른 사람들 틈에서 잠들어 있었는데, 그들이 무사히 있는 모습을 보자 안도감이 느껴졌다. 그때 불현듯 며칠 후면, 달이 하현에 접어들어 어두운 밤이 찾아올 거라는 생각이 머릿속에 스쳤다. 그렇게 되면, 지하의 흉측하게 생긴 동물, 그 하얀 여우원숭이들, 옛날의 해로운 동물을 대체한 그 새로운 해로운 동물들이 더욱더 많이 몰려들지도 모른다. 이틀 동안 나는 꼭 해야 할 일을 게을리한 사람처럼 꺼림칙한 기분에 젖어 있었다. 나는 타임머신을 되찾으려면 과감히 저 지하로 잠입해 그곳의 비밀을 파헤치는 수밖에 없다고 확신하게 됐다. 그러나 나는 그 비밀과 맞설 수 없었다. 동료가 한 사람이라도 있었다면 사정은 달랐을 것이다. 하지만 나는 완전히 혼자였다. 그래서일까 어두운 우물 속으로 기어 내려갈 생각만 해도 섬뜩했다. 여러분이 내 기분을 이해할 수 있을지 모르겠지만, 나는 뒤에서 뭔가가 나를 덮치지 않을까 몹시 불안했다.

아마도 이러한 초조감과 불안감 때문에 나는 더욱더 먼 곳까지 탐사 여행을 하기에 이르렀을 것이다. 현재 쿰 우드라고 불리는 구릉지를 향해 남서쪽으로 걸어가자, 저 멀리 19세기의 벤스테드 방향으로 거대한 녹색 건물이 보였다. 그것은 지금까지 보았던 건물들과는 그 특징이 달라 보였다. 내가 알고 있던 어떤 큰 궁전이나 폐허보다도 컸고 건물의 정면은 동양적인 외관을 하고 있었다. 표면에선 엷은 녹색 빛깔, 중국 도자기에서나 볼 수 있는 청록색 빛이 반짝이고 있었다. 이처럼 외관이 다른 것은 그 용도도 다를 것이라는 걸 암시해주었다. 그래서 나는 안으로 들어가 살펴보고자 했다. 그러나 이미 날이 저물고 있었고, 나도 먼 길을 돌아 그곳을 찾아오느라 몹시 지쳐 있었다. 그래서 탐험을 내일로 미루기로 하고 돌아가 귀여운 위나의 환영과 포옹을 받았다. 그러나 다음날 아침, 나는 그 '청자 궁전'에 호기심을 느낀 것은 실은 일종의 자기기만이었음을 분명히 알게 됐다. 두려운 지하 탐험을 하루라도 더 미루고자 하는 마음에서 그리했던 것이다. 나는 더 이상 시간을 낭비하는 일 없이 지하로 내려가기로 결심했다. 그리하여 이튿날 아침 일찍, 화강암과 알루미늄 폐허 근처의 우물로 갔다.

귀여운 위나는 뛰어서 나를 따라왔다. 그녀는 내 옆에서 춤을 추며 우물까지 따라왔다. 하지만 내가 몸을 내밀고 우물 속을 들여다보자 그녀는 이상할 정도로 당황해하는 듯했다. "안녕, 귀여운 위나." 이 말과 함께 그녀와 입을 맞추었다. 그러곤 그녀를 내려놓고는 우물의 난간 너머로 더듬어가며, 발을 디딜 발판을 찾기 시작했다. 나는 꽤나 서둘렀는데, 실은 용기가 달아날까 봐 겁이 났던 것이다! 처음에 그녀는 깜짝 놀라 나를 바라보고만 있었다. 그러곤 갑자기 아주 슬프게 소리치며 내 앞으로 달려와서 작은 손으로 나를 잡아당기기 시작했다. 완강히 막으려는 그녀의 행동에 나는 오히려 내려갈 용기를 낸 듯하다. 나는 다소 거칠게 그녀를 뿌리치고는 얼른 우물 속으로 들어갔다. 나는 우물의 난간 너머로 불안감에 사로잡힌 그녀의 얼굴을 보며 그녀를 안심시키려고 웃어 보였다. 그리고 다음 순간, 발을 올려놓은 발판이 불안하게 흔들려서 아래를 내려다볼 수밖에 없었다.

나는 우물 속으로 대략 180미터를 내려가야만 했다. 우물 벽에 튀어나온 금속 막대를 이용해 아래로 내려가야 했는데, 그 막대는 나보다 훨씬 작고 가벼운 존재의 몸에 맞게 만든 것이기 때문에 내려가기 시작한 지 얼마 지나지 않아 내겐 경련이 났고 피로감을 느꼈다. 단순히 피로감만을 느낀 것이 아니었다! 금속 막대들 중 하나가 내 몸무게를 이기지 못하고 갑자기 휘어져 하마터면 나는 저 아래 어둠 속으로 떨어질 뻔했다. 나는 잠시 동안 한 손으로 매달려 있었고 그 후로 다시는, 감히 마음을 놓을 수 없었다. 곧 팔과 등이 심하게 아파왔지만 나는 되도록 빨리 가파른 우물 벽을 타고 아래로 내려갔다. 위를 올려다보니, 작고 푸른 원반 모양 우물 입구가 보였고, 그 안에 별 하나가 있었다. 또한 튀어나와 있는 둥글고 검은 위나의 자그마한 머리도 보였다. 아래에서 쿵쿵거리는 기계 소리는 점점 더 크고 귀에 거슬리게 들려왔다. 머리 위의 작은 원반 모양의 입구 말고는 온통 칠흑같이 어두웠다. 다시 머리를 들어 올려다보니 위나의 모습은 사라지고 없었다.

나는 몹시 불안했다. 다시 우물 위로 올라가서 지하세계의 일에 대해서 상관하고 싶지 않았다. 하지만 이런 생각을 하면서도 나는 계속해서 밑으로 내려갔다. 마침내 1피트 떨어진 오른쪽 벽에 자그마한 구멍이 나 있는 것이 희미하게 보였다. 그제야 마음이 놓였다. 나는 그 구멍 안으로 뛰어들었다. 그 구멍은 좁은 수평 터널의 입구였는데, 나는 그곳에서 드러누워 쉴 수 있었다. 마침 제때 그곳을 발견한 것이다. 팔이 너무 아팠고 등에는 쥐가 나 당장에라도 떨어지지 않을까 하는 공포감 때문에 온몸을 떨고 있었기 때문이다. 게다가 칠흑같이 어두웠기 때문에 두 눈도 몹시 고통스러웠다. 우물 아래로 공기를 빨아들이는 기계의 쿵쾅거리고 윙윙거리는 소리가 공간에 가득 울려 퍼졌다.

얼마 동안 그렇게 누워 있었는지 모른다. 부드러운 손이 얼굴에 와 닿는 느낌에 정신이 번쩍 뜨였다. 깜짝 놀라 어둠 속에서 벌떡 일어나 성냥갑을 꺼내 급히 성냥 한 개비에 불을 붙였다. 불빛에 웅크린 자세로 황급히 달아나는 하얀 생물 셋이 보였다. 지상의 폐허 더미에서 보았던 놈들과 똑같은 모습이었다. 그들은 코앞도 보이지 않는 어둠 속에서 살고 있었기 때문에 그들의 눈은 심해에 사는 물고기의 동공처럼 유난히 크고 민감했다. 또한 그런 물고기의 눈처럼 빛을 반사했다. 틀림없이 그놈들은 깜깜한 어둠 속에서도 나를 볼 수 있었을 것이다. 그리고 성냥불이 없었다면, 나를 전혀 두려워하지 않았을 것이다. 하지만 내가 그들을 보려고 성냥불을 켜자, 그들은 재빨리 달아나 어두운 배수구나 터널에 몸을 숨기고는 아주 이상한 눈초리로 나를 노려보았다.

그들에게 말을 걸어보려 했지만 그들의 언어는 지상 세계 사람들의 언어와는 다른 것 같았다. 결국 나는 누구의 도움도 받지 못하고 나 혼자 힘으로 그 상황을 극복해야 할 처지에 놓이고 말았다. 순간 탐험을 그만두고 도망치고 싶다는 생각이 들었다. 하지만 마음속으로 말했다. '이제 엎질러진 물이야.' 그러곤 터널을 따라 더듬거리며 앞으로 나갔다. 그러자 기계 소리가 점점 더 커졌다. 곧 벽이 내게서 멀어지면서 크고 넓은 공간에 이르렀다. 성냥을 켜고 보니, 나는 천장이 둥근 거대한 동굴에 들어와 있었다. 그 동굴은 성냥불빛이 미치지 못하는 칠흑같이 어두운 곳까지 이어져 있었다. 이 광경은 성냥개비 하나가 불타고 있는 동안에 살펴본 것일 뿐이었다.

따라서 내 기억이 명확치는 않다. 커다란 기계 같은 형체가 어둠 속에 우뚝 솟아 기괴한 검은 그림자를 드리우고 있었다. 흐릿한 유령 같은 모습의 몰록들이 불빛을 피해 그 그림자 속에 몸을 숨기고 있었다. 그런데 그곳은 공기가 탁해 숨이 막힐 지경이었고 막 뿜어나온 듯한 피 냄새가 공기 중에 희미하게 퍼져 있었다. 가운데 길게 이어진 통로 쪽으로 조금 떨어진 곳에 하얀 금속으로 만들어진 탁자가 놓여 있었고 그 위에 고깃덩어리로 보이는 것이 놓여 있었다. 어찌 되었든 몰록의 식성은 육식이었던 것이다! 나는 그 순간에도 거대한 붉은 고깃덩어리로 미루어보아 저런 큰 동물이 아직도 살아남아 있었단 말인가 하고 의아하게 생각했다. 모든 것이 아주 흐릿하게 보일 뿐이었다. 역겨운 냄새, 커다란 정체불명의 형체 그리고 어둠 속에 숨은 채 어두워지기를 기다렸다가 내게 다시 덤벼들려는 역겨운 놈들! 바로 그때 다 타 들어간 성냥에 손가락이 뜨끔했다. 성냥은 바닥으로 떨어지더니, 어둠 속에서 붉은 점이 되어 몸을 비틀었다.

정말 제대로 된 장비도 없이 시간 여행을 떠났단 말인가 하고 나는 생각했다. 타임머신을 타고 출발할 때, 나는 어리석게도 미래 세계 인간들의 모든 기구는 우리보다 엄청나게 앞서 있을 것이 틀림없다고 생각했다. 그래서 나는 무기도 의약품도 담배 따위도— 가끔 나는 담배를 몹시 피고 싶었다— 챙기지 않고 왔다. 심지어 성냥도 충분히 챙겨오지 않았다. 코닥 카메라를 가져왔더라면 얼마나 좋았을까! 그랬더라면 당장에 지하 세계의 장면 장면을 찍어, 나중에 천천히 살펴볼 수 있었을 것이다. 하지만 실제로는 나는 조물주가 준 무기와 힘인 손발과 이 그리고 내게 아직 남아 있는 안전성냥 네 개비만을 지니고 그곳에 서 있었다.

나는 어둠 속에서 여기 있는 모든 기계 틈바구니를 헤치고 나아가기가 두려웠다. 그리고 꺼지기 직전의 성냥불빛으로 성냥도 몇 개비 남아 있지 않음을 알게 되었다. 바로 이 순간이 되기 전까지는 성냥을 아낄 필요가 있음을 전혀 생각해보지 못했다. 그저 불을 신기해하는 지상 세계 사람들을 놀라게 해주려고 거의 반 갑이나 써버린 것이다. 이미 말했듯이 이제 성냥은 네 개비밖에 남아 있지 않왔다. 어둠 속에 서 있으려니 손 하나가 내 손에 닿았고, 여윈 손가락이 내 얼굴을 더듬어댔다. 그리고 특유의 역겨운 냄새가 풍겨왔다. 무리 지어 나를 둘러싸고 있을 것 같은 흉측한 작은 생물들의 숨소리가 내 귀에 들리는 것만 같았다. 내 손에 들려 있던 성냥갑이 살짝 당겨지고, 뒤에서 다른 여러 손이 내 옷자락을 잡아당기는 느낌이 들었다. 그 보이지 않는 생물이 내 몸을 검사하는 듯한 느낌이 아주 역겨웠다. 그들의 사고방식과 행동방식에 대해서 내가 전혀 모른다는 사실이 어둠 속에서 갑자기 절실하게 느껴졌다. 나는 그들에게 온 힘을 다해 크게 소리쳤다. 그들은 깜짝 놀라 물러났다. 하지만 다시 내게 다가오는 것이 느껴졌다. 그들은 서로에게 이상한 소리로 속삭이며 더욱 대담하게 내 몸을 붙들려 했다. 나는 온몸을 격렬하게 떨며, 다시 한번 아주 거친 목소리로 소리쳤다. 이번에 그들은 그리 놀라지는 않고 기괴한 웃음소리를 내며 내게 다가왔다. 고백하건대, 나는 정말 소름이 돋았다. 나는 다시 한번 성냥불을 켜고는 그 불빛으로 놈들을 위협하며 달아나기로 마음먹었다. 나는 그렇게 했다. 그러곤 주머니에서 종잇조각을 꺼내 그것에 불을 붙이고는 좁은 터널 쪽으로 무사히 도망칠 수 있었다. 하지만 터널 안으로 들어가자마자 불이 꺼져버렸다. 어둠 속에서 나는 몰록들이 서둘러 나를 쫓아오며 내는 바람결에 흔들리는 듯한 나뭇잎의 와삭거림과 후드득 비가 떨어지는 듯한 소리를 들을 수 있었다.

곧 나는 여러 개의 손에 붙잡히고 말았다. 놈들은 나를 끌어내려는 것이 분명했다. 나는 성냥개비 하나에 불을 붙여 놈들의 얼굴 앞에 흔들었다. 놈들은 눈이 부셔 괴로워했다. 여러분은 놈들이 얼마나 흉측하게 생겼는지 상상조차 못할 것이다. 창백하고 털이 없는 얼굴과 눈꺼풀이 없는 핑크빛을 띤 커다란 회색 눈! 그들은 눈이 부셔 어쩔 줄 몰라 하며 빤히 노려보았다. 하지만 나는 놈들을 가만히 쳐다만 보고 있을 수는 없었다. 나는 다시 도망쳤다. 두 번째 성냥불이 꺼지자 세 번째 성냥개비에 불을 붙였다. 그 불이 거의 다 타들어갔을 때, 나는 우물로 난 입구에 도착했다. 밑에서 들려오는 커다란 펌프 소리 때문에 현기증이 났다. 나는 입구 끝에서 드러누웠다. 그러곤 옆으로 손을 뻗어 튀어나온 발판을 찾았다. 그러던 중 갑자기 뒤에서 달려든 놈들에게 발을 잡히고 말았다. 놈들은 내 발을 세게 끌어당겼다. 나는 마지막 남은 성냥을 켰지만…… 금방 꺼져버리고 말았다. 하지만 그때 내 손은 이미 사다리의 디딤대를 붙잡고 있었다. 나는 거세게 발길질을 하며 몰록들의 손아귀에서 벗어나 재빨리 우물을 기어올랐다. 그사이에 놈들은 눈을 깜빡이며 나를 올려다보고만 있었다. 놈들 중 한 놈만이 얼마만큼 나를 뒤쫓아왔다. 나는 하마터면, 놈에게 신발 한 짝을 빼앗길 뻔했다.

아무리 올라가도 끝이 없는 것처럼 느껴졌다. 7~8미터 남겨놓고 극심한 구토가 일었다. 그냥 사다리에 매달려 있기도 죽을 지경이었다. 마지막 몇 미터를 남겨놓고는 정신을 잃지 않으려고 안간힘을 썼다. 여러 번에 걸쳐 현기증이 나서 떨어지지나 않을까 겁이 났다. 하지만 마침내 나는 가까스로 우물 아가리 밖으로 빠져나와 비틀거리며 폐허 더미를 벗어나 눈부신 햇빛 속으로 나왔다. 하지만 나는 쓰러지고 말았다. 흙 냄새조차도 달콤하고 상쾌했다. 어느 순간 위나가 내 손과 귀에 입을 맞추었던 것과 다른 엘로이들이 떠드는 목소리가 기억난다. 그러곤 한순간 나는 정신을 잃고 말았다.

7

이제 정말 내 처지는 전보다 더욱 나빠진 것만 같았다. 지금까지는 밤이 되면, 가끔 타임머신을 잃은 것에 괴롭기는 했지만 결국에는 이곳을 빠져나갈 것이라는 희망을 잃지 않고 있었다. 하지만 이번에 새로 알아낸 것들 때문에 그 희망은 흔들리기 시작했다. 지금까지 나는 작은 사람들이 어린아이 같은 장난으로 나의 뜻을 방해하고 있다고 생각했다. 또한 내가 알지 못하는 힘에게 방해받고 있다고 해도 그것을 이해하기만 하면 이겨낼 수 있다고 생각했었다. 한데 난데없이 역겨운 새로운 종족, 잔인하고 흉악한 몰록이라는 존재가 나타난 것이다. 나는 본능적으로 그들을 혐오했다. 이전 상황에서 내 심정은 구덩이에 빠진 사람 같은 기분이었다. 나는 오직 그 구덩이와 그 구덩이에서 어떻게 빠져나올까 하는 생각에만 집착

했었다. 하지만 지금 나의 심정은 덫에 걸린 짐승과 같은 기분이다. 당장에 적이 들이닥칠 것만 같았다.

내가 두려워하는 적이 무엇인지 알고 나면 여러분은 의아해할 것이다. 실은 그것은 바로 초승달의 어둠이었다. 위나가 전에 '어두운 밤'에 대해서 말해주었을 때는 이해하기 힘들었다. 이제야 나는 다가오는 '어두운 밤'이 어떤 의미인지 어렵지 않게 짐작할 수 있었다. 달이 점점 이지러져가면서 점점 밤마다 어두운 시간이 길어졌다. 이제 비로소 나는 지상 세계의 작은 사람들이 왜 그토록 어둠을 무서워하는지 조금은 이해할 수 있었다. 나는 초승달이 뜬 밤이 되면 몰록들이 어떤 더러운 나쁜 짓을 하는 걸까 막연하게 상상했다. 나는 이제 내 두 번째 가설이 완전히 틀렸음을 분명히 느꼈다. 지상 세계 인간들은 한때 선택받은 귀족 계급이었고 몰록은 그들에게 기계처럼 착취당하는 노예였는지도 모른다. 하지만 그러한 환경은 오래전에 사라져버렸을 것이다. 인류 진화의 결과로 생겨난 두 개의 종은 전혀 새로운 관계로 변해가고 있거나 아니면 이미 그런 관계로 변한 상태였다. 엘로이는 카롤링거 왕조*의 왕들처럼 그저 겉모습만 아름다워 보일 뿐인 실속 없는 존재로 퇴화하고 만 것이다. 그들이 아직까지도 지상의 땅을 점유하고 있는 것은 몰록들이 수많은 세대에 걸쳐 지하 생활을 해오면서 결국엔 지상의 밝은 빛을 견딜 수 없게

---

* 750~887년에 서유럽을 통치한 프랑크 왕조

됐기 때문이다. 내 생각에 몰록들은 지금도 엘로이들에게 의복을 만들어주고 일상생활에 필요한 것들을 지원해주고 있었다. 그것은 아마도 몰록들이 오랫동안 노예로 살아온 관습의 산물일 것이다. 그들은 말이 습관적으로 앞발로 땅을 차거나 인간이 놀이로 사냥을 하듯이 그렇게 하고 있었다. 왜냐하면 옛날에는 필요한 관습이었으나 이제는 낡아 필요치 않은 것이 되었어도 그것은 몸에 각인되어 남아 있기 때문이다. 하지만 분명 옛 질서는 이미 부분적으로는 전복되고 말았다. 이제 복수의 여신은 연약한 엘로이들에게 빠르게 다가오고 있었다. 먼 옛날에, 몇천 세대 이전에, 인류는 자신의 형제들을 햇빛이 비치는 안락한 곳에서 추방해버렸다. 이제 추방되었던 형제들이 돌아오고 있는 것이다. 완전히 변신해서! 이미 엘로이들은 옛 교훈을 배우고 있었다. 그들은 공포라는 것이 무엇인지 다시금 알게 된 것이다. 그때 나는 문득 지하 세계에서 본 고깃덩어리가 생각났다. 왜 이 순간에 난데없이 그런 생각이 떠오르는지 이상한 느낌이 들었다. 말하자면 깊이 생각하는 과정 중에 떠오른 것이 아니라 누군가가 질문을 하기라도 한 듯 갑자기 떠오른 것이었다. 그 고기의 형태를 생각해보려 했다. 뭔가 비슷한 것을 언젠가 본 듯했지만, 그때는 그것이 무엇인지 알 수가 없었다.

작은 사람들, 엘로이들은 신비로운 공포감에 직면하여 아주 무력했다 해도 나는 그들과는 달랐다. 나는 인류의 전성기인 현 우리 시대에서 온 인간이었다. 나는 공포감에 무력하지도 신비감에 두려움을 느끼지도 않는 존재였다. 나는 적어도 나 자신을 방어할 수 있을 것이다. 나는 더 꾸물거리지 않고, 무기를 만들고 잠을 편히 잘 수 있는 요새를 찾기로 마음먹었다. 그 은신처를 근거지 삼아 나는 밤마다 어떤 괴물들이 습격해올지도 모른다는 생각에 시달리는 바람에 잃어버렸던 자신감을 되찾고 이 기묘한 세상과 대결할 수 있을 것이다. 나는 놈들에게서 안전한 잠자리를 마련하기 전까지는 다시는 잠을 이룰 수 없을 것 같았다. 이미 그놈들이 내 정체에 대해서 파악했을 거라고 생각하니 두려움에 몸서리가 쳐졌다.

그날 오후 템스강 유역을 돌아다녀보았지만 놈들이 접근하기 어려울 만한 곳은 찾지 못했다. 우물을 기어오르는 솜씨로 보아, 몰록들은 기어오르는 데는 능숙한 솜씨를 지녔음에 틀림없다. 그런 놈들이라면 어떤 건물이나 나무도 손쉽게 기어오를 수 있을 것이다. 그때 불현듯 '청자 궁전'의 높은 뾰족탑과 반짝반짝 빛나는 궁전의 벽이 생각났다. 저녁때가 되자 나는 위나를 어린아이처럼 어깨 위에 태우고 남서쪽을 향해 언덕을 올랐다. 그곳까지는 11 내지 12킬로미터 정도 되리라고 예상했는데, 실제로는 29킬로미터 가까이 되는 거리였다. 처음에 그 궁전을 보았을 때는 공기 중에 축축한 습기가 가득 배어 있던 오후였다. 그렇기 때문에 실제보다 훨씬 가깝게 보였던 것이다. 그 거리가 내 예상보다 멀었던 것에 더해 내 한쪽 구두—집 안에서 편히 신던 낡은 구두였다—뒤축이 떨어져나가 구두창으로 못이 삐져나와 있었다. 결국 나는 절룩거리며 걸어야 했다. 궁전이 보이는 곳에 왔을 때는 이미 태양이 진 지 오래였다. 그 건물은 옅은 노랑 빛깔 하늘을 배경으로 검은 형체를 드리우고 있었다.

위나는 어깨 위에 태워주자 아주 즐거워했다. 하지만 잠시 뒤에 내려달라고 해서 내려주었더니, 내가 걸어갈 때마다 내 곁으로 달려오곤 했다. 그리고 때때로 이리저리 뛰어가서 꽃을 꺾어와서는 내 주머니에 꽂아주곤 했다. 위나는 내 주머니를 항상 수수께끼로 여겼는데, 마침내 그녀는 그것을 꽃으로 장식하는 별난 꽃병으로 결론지었던 것이다. 아무튼 그녀는 내 주머니를 꽃병으로 이용했다. 그것을 생각하다 보니, 기억나는 것이 있다! 상의를 갈아입을 때, 발견했는데…….

시간 여행자는 갑자기 이야기를 멈추더니 주머니에 손을 집어넣었다. 그러곤 시든 꽃 두 송이를 살며시 작은 탁자 위에 놓았다. 그것은 하얀 당아욱 꽃처럼 보였는데 매우 컸다. 이윽고 그는 다시 이야기를 시작했다.

어느덧 저녁의 고요함이 깃들 무렵, 우리는 언덕 정상을 넘어 윔블던 쪽으로 가고 있었다. 그때 위나는 지쳐서 회색 돌로 지은 집으로 돌아가고 싶어 했다. 하지만 나는 멀리 '청자 궁전' 뾰족탑을 가리키며, 지금 우리가 그녀의 공포의 대상을 피할 은신처를 찾아 저곳으로 가고 있음을 이해시키려 했다. 땅거미가 지기 직전, 모든 것에 깃드는 적막감, 여러분도 그것을 알고 있지 않은가? 숲속을 누비는 산들바람조차 숨을 죽이고 있었다. 이처럼 저녁의 고요함이 깃들면, 항상 내 마음속엔 왠지 모를 그것에 대한 기대감이 생기곤 한다. 하늘은 맑게 개어 끝없이 펼쳐져 있었고 멀리 해가 기운 부근에 수평으로 펼쳐진 구름 띠만이 몇 개 보일 뿐이었다. 한데 그날 밤만은 내가 가지는 기대감 속에 두려움이 깃들어 있었다. 어둠의 고요 속에서 내 감각은 이상할만큼 예민해지는 듯했다. 발밑에 펼쳐진 지하 동굴마저 느낄 수 있을 것 같았다. 몰록들이 개미집 같은 지하 세계에서 이리저리 움직이면서 밤이 오기를 기다리고 있는 모습이 발 아래로 보이는 것만 같았다. 나는 흥분하며, 그들이 내가 자신들의 은신처로 들어간 것을 선전포고로 받아들였을지도 모른다고 생각했다. 한데 그들은 왜 내 타임머신을 가져간 걸까?

우리는 정적 속을 계속해서 걸었다. 황혼의 어둠은 점차 짙어지며 밤으로 향했다. 먼 하늘의 맑고 푸른빛은 점차 사라져가면서 별들이 하나둘씩 나타나기 시작했다. 점차 짙은 어둠이 땅에 깔리고 나무는 검게 변했다. 위나가 느끼는 두려움과 피로감은 더욱더 심해져갔다. 나는 그녀를 품에 안고는 말을 걸며 쓰다듬어주었다. 이윽고 어둠이 더욱 깊어졌을 때, 위나는 두 팔을 나의 목에 두르고 두 눈을 감은 채 얼굴을 내 어깨에 단단히 밀착했다. 우리는 긴 비탈길을 내려가 강 유역으로 향했다. 그곳은 아주 깜깜했기 때문에 나는 하마터면 얕은 강 속으로 빠질 뻔했다. 나는 그 강을 건너 강 유역 건너편으로 갔다. 잠에 빠져 있는 많은 집과 목이 떨어져 나간 목신(牧神)—아니면 그런 따위의 형상—조각상을 지나쳤다. 이곳엔 아카시아 나무가 무성했다. 지금까지는 몰록들이 전혀 눈에 띄지 않았다. 하지만 아직은 초저녁이었기에 상현달이 뜨기 전까지는 시간이 갈수록 더욱더 어둠이 짙어질 것이다.

다음 언덕의 중턱에 올라 그 끝에서 바라보니, 전방에 울창한 숲이 저 멀리까지 시꺼멓게 펼쳐져 있는 게 보였다. 나는 그 전망을 보자 주춤했다. 숲이 좌우로 끝없이 펼쳐져 있었다. 순간 피로가 몰려왔다. 특히 발이 너무나 아팠다. 난 걸음을 멈추고는 위나를 조심스럽게 어깨에서 내려놓고 풀밭에 주저앉았다. 더는 '청자 궁전'이 보이지 않았다. 혹 엉뚱한 방향으로 들어선 게 아닐까 하는 의구심이 들었다. 울창한 숲을 바라보며, 그곳에 무언가 숨어 있을지도 모른다는 생각을 했다. 숲속 뒤엉킨 빽빽한 나뭇가지들 아래에선 별조차 보이지 않을 듯했다. 숨어 있는 위험한 존재가 없다 하더라도—공연히 위험한 존재 따위를 상상하고 싶지는 않았지만—나무뿌리에 걸려 넘어지거나 나무줄기에 부딪힐 위험은 있을 것이다.

나는 또한 낮 동안에 흥분해 있었던 탓에 몹시 피로했다. 그래서 위험과 맞서는 것을 피하고 그날 밤은 탁 트인 언덕 위에서 보내기로 했다.

다행히도 위나는 깊이 잠들어 있었다. 나는 조심스럽게 내 웃옷으로 위나를 덮어주고는 그녀 곁에 앉아 달이 뜨기만을 기다렸다.

언덕의 중턱은 조용했고 인기척은 없었다. 하지만 이따금씩 저편 어두운 숲에서는 동물들의 기척이 들려왔다. 머리 위 매우 맑은 밤하늘에는 별들이 빛나고 있었다. 반짝이는 별을 바라보다 보니, 친근감이 들면서 마음이 편안해졌다. 하지만 옛날의 별자리는 모두 하늘에서 사라지고 없었다. 별자리는 백여 세대를 거치는 동안에도 거의 알아볼 수 없을 정도로 아주 느리게 변화했다. 하지만 그런 느린 변화가 별자리들을 완전히 낯선 형태로 바꾸어놓은 지 이미 오래되었다. 그러나 은하수만큼은 옛날과 마찬가지로 여전히 별 가루가 흐르는 것처럼 보였다. 남쪽으로(난 그렇게 판단했다) 처음 보는 매우 밝게 빛나는 붉은 별이 있었다. 그 별은 우리 시대에 볼 수 있는 녹색 시리우스보다도 훨씬 더 찬란하게 빛났다. 그리고 이 모든 반짝이는 빛의 점들 가운데 밝은 별 하나가 오랜 친구의 얼굴처럼 쉴 새 없이 다정하게 빛났다.

별들을 바라보고 있으니, 내 걱정거리와 지상의 삶의 모든 중요한 문제가 갑자기 하찮게 느껴졌다. 나는 헤아릴 수 없을만큼 먼 거리와 미지의 과거로부터 미래로 천천히 움직여가는 별들의 필연적 운동에 대해 생각해보았다. 그리고 지구의 극이 그리는 거대한 세차 운동의 주기*도 생각해보았다. 내가 시간 여행을 하는 세월 동안

* 세차 운동은 지구의 자전축이 오랜 시간 동안 원뿔 모양을 그리면서 회전하는 것을 일컫는데, 그 주기는 대략 2만6천 년이다.

이 조용한 회전 운동은 겨우 40회밖에 일어나지 않았다. 그리고 그 적은 횟수의 회전 운동을 하는 사이에 모든 인간의 활동과 전통, 복잡한 조직, 국가, 언어, 문학, 열망 그리고 심지어 내가 아는 인류에 대한 기억마저 완전히 사라지고 만 것이다. 그 대신 자신들의 고귀한 조상에 대한 기억을 잊어버린 저 허약한 존재들과 소름 끼치는 하얀 괴물들만이 있을 뿐이다. 이제 나는 이 두 종족 사이에 있는 커다란 공포에 대해 생각해보았다. 이제야 비로소 내가 본 고깃덩어리가 무엇인지 머릿속에 명확히 떠올랐다. 그러자 갑자기 온몸에 소름이 돋았다. 그리 생각하려니 너무나 끔찍했다! 나는 내 곁에서 잠자고 있는 작은 위나를 내려다보았다. 그녀의 얼굴은 별빛을 받아 별처럼 새하얗게 빛났다. 그런 그녀의 얼굴을 보고 있으려니 어느새 끔찍한 생각이 달아났다.

나는 긴 밤을 지새우며 되도록이면 몰록에 대한 생각을 머릿속에서 떨쳐내려 했다. 그리고 새로운 별자리 속에서 옛날 별자리의 흔적을 찾아내는 것에 정신을 쏟으며 시간을 보냈다. 하늘엔 흐릿한 구름 한 점만 떠 있을 뿐 무척 맑았다. 분명 나는 이따금씩 졸기도 했을 것이다. 어느새 밤을 새기 시작한 지 오랜 시간이 지나자, 흐릿한 불빛의 반사처럼 동쪽 하늘에서 어렴풋한 빛이 보이는가 싶더니, 가늘고 뾰족한 하얀 빛깔의 이지러져가는 달이 떠올랐다. 그리고 그 뒤를 바짝 뒤쫓아 얼마의 시간이 지나자 그 어렴풋한 빛을 덮쳐 넘쳐흐르듯 새벽 여명이 다가왔다. 여명은 처음에는 창백했지만 점차 연분홍빛 따뜻한 빛으로 변해갔다. 우리에게 접근해오는 몰록은 없었다. 정말 그날 밤에 나는 그 언덕에서 단 한 명의 몰록도 보지 못했다. 아침이 되어 용기가 생기자, 공포감으로 간밤을 지낸 일이 어리석게 느껴졌다. 자리에서 일어나 살펴보니, 뒤축이 빠진 구두를 신고 있던 쪽의 발목이 부어 있었고 발뒤꿈치 아래쪽이 심하게 아팠다. 그래서 다시 자리에 앉아 구두를 벗어던져버렸다.

나는 위나를 깨워 함께 숲속으로 들어갔다. 간밤에 시커멓고 무섭던 숲이 이제는 녹색을 띠며 기분 좋은 느낌을 주었다. 우리는 과일을 발견하고 그것으로 아침을 먹었다. 우리는 곧 우아한 다른 엘로이들을 만났다. 그들은 세상에 밤이란 것은 없기라도 한 듯 햇빛 속에서 웃으며 춤을 추었다. 그때 문득 내가 본 그 고깃덩어리가 다시 생각났다. 이제는 그것이 무엇인지 분명히 알 수 있었다. 그들에게 진심으로 연민을 느꼈다. 그들은 인류라는 거대한 강물에서 시작됐지만 이제는 마지막 실개천으로 변해버린 것이다. 먼 옛날 인류가 쇠퇴해가던 어느 시점에 와서 몰록들은 음식이 부족해졌을 게 분명하다. 그들은 아마도 쥐 따위의 해로운 동물들을 먹으며 생존했을 것이다. 현재의 인간도 옛날에 비하면, 가리는 음식이나 주가 되는 음식은 줄어들었다. 인간은 원숭이보다 훨씬 더 다양한 음식을 먹는다. 인간이 인간 고기를 먹는 것을 금하는 것은 그다지 뿌리 깊은 본능은 아니다. 인간이 이러한데 이 인류의 비인간적인 자손들이야 어떻겠는가!…… 나는 이 문제를 과학적인 이성으로 바라보려 했다. 결론적으로 말하면, 그들은 3, 4천년 전, 인간을 잡아먹던 우리 조상보다도 더 비인간적이며, 우리와의 거리도 먼 존재였다. 게다가 그들에게는 인육을 먹는 현 상태를 괴로워할 만한 지능마저도 이미 사라져버렸을 것이다. 사정이 이런데, 내가 연민을 느끼며 괴로워할 이유가 있겠는가? 엘로이들은 그저 살찐 소에 지나지 않는다. 그들은 개미 같은 몰록들의 식량, 먹잇감일 따름이었다. 아마 몰록들은 엘로이들을 번식시키고 있을 것이다. 그런데도 위나는 지금 내 곁에서 춤을 추고 있는 것이다!

순간 나는 이런 결과가 인류의 이기심에 대한 준엄한 처벌이라고 생각함으로써 엄습해오는 공포에서 벗어나려 했다. 인간은 같은 인간의 노동에 기반해 편안하고 즐거운 삶을 누려왔고 그것이 필연적인 숙명이라는 슬로건을 내세우며 선전해왔다. 그리고 시간이 흘러 마침내 그 필연성을 너무나 당연한 것으로 받아들였다. 나는 칼라일*이 그랬던 것처럼 쇠퇴한 이 가련한 귀족 계급을 경멸해보려고 했다. 하지만 그럴 수가 없었다. 아무리 지능이 크게 퇴화되었다 하더라도 엘로이들은 아직도 인류의 모습과 너무나 흡사했기 때문에 나는 그들을 동정하지 않을 수 없었다. 그리고 그들의 퇴화와 공포에 무관심할 수가 없었다.

그때 나는 내가 취해야 할 행동을 그저 어렴풋이 깨닫고 있을 뿐

---

* 1795~1881, 영국의 사상가이자 역사가

이었다. 우선은 안전한 은신처를 찾고, 할 수 있는 한 금속이나 돌로 무기를 만들어야 했다. 그 일은 당장에 마쳐야 했다. 그다음으로 불을 피울 계획이었다. 그리하면 난 횃불이라는 무기를 가질 수 있게 될 것이다. 아마 몰록들을 상대하는 데 그것만큼 효과적인 무기는 없을 것이다. 그러고 나서 하얀 스핑크스 아래 청동문을 부술 수 있는 도구도 고안할 필요가 있었다. 나는 공성(攻城) 망치를 생각해보았다. 횃불을 앞세우고 그 문 안으로 들어가면, 타임머신을 찾아내 그것을 타고 이곳을 탈출할 수 있을 것이리라. 몰록들에게 타임머신을 먼 곳까지 운반할 만한 힘은 없을 것이다. 나는 우리 시대로 돌아갈 때 꼭 위나를 데리고 가리라 마음먹었다. 나는 이와 같은 계획을 구상하며, 이미 머릿속에서 은신처로 선택한 건물을 향해 걸어갔다.

8

정오 무렵에 우리는 '청자 궁전'에 이르렀다. 그곳은 사람의 흔적조차 보이지 않는 폐허가 되어 있었다. 창문에는 깨진 유리 조각만이 매달려 있을 뿐이고 커다란 녹색 외장판이 부식된 금속 골조에서 떨어져 있었다. 그 건물은 잔디밭 위에 우뚝 솟아 있었는데, 나는 건물 안으로 들어가기 전에 북동쪽을 바라보고는 깜짝 놀랐다. 지금의 원즈워즈나 배터시인 듯 보이는 곳에 넓은 강어귀 혹은 샛강이 있었던 것이다. 나는 그 순간 바다의 생물들은 어떻게 되었을까, 혹은 그 생물들에게 무슨 일이 일어나고 있는 것일까 하고 생각했다. 하지만 얼마 지나지 않아 그 생각을 잊고 말았다.

자세히 살펴보니, 그 궁전의 재질은 정말로 자기(磁器)였고 그 표면에는 알 수 없는 문자로 새겨진 비문이 있었다. 어리석게도 나는 위나가 그 문자를 해석하는 데 도움을 줄 거라고 생각했다. 하지만 그녀의 머릿속에는 글자라는 개념조차 없다는 것을 알게 되었을 뿐이다. 내게 그녀는 언제나 실제 모습보다 더 인간적으로 느껴졌다. 아마도 그녀의 애정이 너무나 인간적이었기 때문에 그랬을 것이다.

부서져 열린 문 안쪽에는 보통의 홀이 아니라 양 옆으로 많은 창문이 있어, 스며드는 햇빛에 환하게 빛나는 기다란 회랑이 있었다. 그곳을 얼핏 보았을 때 박물관이 연상되었다. 타일이 깔린 바닥에는 먼지가 두껍게 쌓여 있었고 눈길을 사로잡는 온갖 잡다한 진열품들에도 회색빛 먼지가 쌓여 있었다. 그런데 홀 중앙에는 괴상하고 무시무시하게 생긴 것이 서 있었다. 분명 거대한 동물 골격의 아랫부분이었다. 굽어 있는 발로 보아 메가테리움*처럼 멸종한 어떤 동물의 뼈라는 것을 알 수 있었다. 두개골과 상체의 뼈는 그 옆에 두텁게 먼지를 뒤집어쓴 채 나뒹굴고 있었는데, 지붕에 난 구멍에서 떨어진 빗물 때문에 마모되어 있었다. 회랑 안쪽에는 브론토사우루스**의 거대한 몸통 골격이 있었다. 박물관이라고 생각한 내 추측이 옳았다. 옆쪽으로 가보니, 기울어진 선반 같은 것이 있었는데, 두터운 먼지를 털어내고 보니 우리 시대에 흔히 볼 수 있는 유리 케이스

---

* 200만 년 전에서 1만 1천년 전까지 남아메리카와 북아메리카 남부에 살았던 초식 포유동물

** 중생대 쥐라기에 번성한 거대한 초식 공룡으로 전체 길이는 약 23미터에, 약 6미터 되는 목과 9미터 되는 꼬리를 지니고 있다.

였다. 하지만 그 케이스 안에 든 내용물이 잘 보존된 것으로 미루어 보아 밀폐된 게 분명했다.

우리는 분명 현대의 사우스 켄싱턴의 폐허 위에 서 있었던 것이다! 그리고 여기는 고(古)생물실이 분명했다. 예전에는 매우 멋진 화석들이 진열되어 있었을 것이다. 하지만 잠시 부식 과정을 모면할 수는 있었을 테고 이후 박테리아와 곰팡이가 멸종했기에 부식의 영향력은 1퍼센트 수준으로까지 줄어들었을 테지만, 부식은 아주 천천히 일어나더라도 이 모든 보물에 다시 영향을 미쳤을 것이다. 여기저기에 진기한 화석들이 조각나 있거나 갈대 끈으로 연결되어 있는 모양으로 보아 작은 사람들이 손을 댄 흔적을 엿볼 수 있었다. 또 어떤 곳에는 케이스가 통째로 없어진 것도 있었다. 아마 몰록의 짓일 것이다. 그곳은 매우 조용했다. 두텁게 쌓인 먼지 때문에 우리의 발걸음 소리조차 들리지 않았다. 내가 주위를 두리번거리자마자, 기울어진 유리 케이스 밑에서 성게를 굴리며 놀고 있던 위나가 내게 다가와 살며시 내 손을 잡고 곁에 섰다.

처음에 나는 이 지적인 시대의 고대 유물에 너무 놀란 나머지 그것이 가진 가능성에 대해선 전혀 생각하지 못했다. 심지어 그때는 타임머신에 대한 생각조차 잠시 잊고 있었다.

그곳의 규모로 보아 '청자 궁전'은 고생물 전시실 말고도 더 많은 전시실을 가지고 있을 것이다. 역사 전시실이나 도서관도 있을지 모른다! 적어도 현재 상황에서 그곳들은 내게 부식되어가는 고대

지질학 유물보다 훨씬 흥미로운 장소였다. 주위를 둘러보다가 나는 첫 번째 회랑을 가로질러 뻗어 있는 또 다른 조그만 회랑을 발견했다. 그곳은 광물들을 전시해놓은 듯했다. 순간 유황 덩어리를 찾아 화약을 만들어봐야겠다는 생각이 뇌리를 스쳤다. 그러나 초석을 찾을 수가 없었다. 그리고 질산염 종류도 없었다. 오래전에 용해되어 버리고 말았을 것이다. 그런데도 나는 유황에 대한 생각을 좀체 떨쳐버릴 수 없었다. 잇따라 여러 가지 생각이 떠올랐다. 이 전시실에 있는 나머지 전시물들은 내가 본 것들 중에서 가장 잘 보존되어 있었지만 별 흥미가 생기지 않았다. 광물학에 대해서는 별로 아는 바가 없었던 것이다. 나는 내가 들어왔던 첫 번째 홀과 나란히 연결되어 있는, 아주 황폐한 복도를 따라 내려갔다. 그 구간에는 자연사 분야가 전시되어 있었던 모양인데 모든 것이 이미 오래전에 알아볼 수 없을 정도로 변질되어 있었다. 한때 박제되었던 몇몇 동물은 쪼그라들어 검은 흔적만이 남아 있었고, 한때 알코올이 들어 있었을 병에 든 미라는 바짝 말라붙어 있었으며, 죽은 식물들은 갈색 먼지로 변해 있었다. 그것이 전부였다! 유감스러웠다. 잘 보존되었더라면 자세히 살펴보고 생생한 특성을 파악할 기회가 되었을 텐데. 다음으로, 우리는 굉장히 큰 전시실로 들어갔다. 그런데 그곳은 이상하게도 빛이 잘 들어오지 않았고, 바닥은 내가 들어선 곳에서부터 아래쪽으로 약간 기울어져 있었다. 천장 곳곳에는 하얀 전구가 매달려 있었는데, 대개 금이 가 있거나 깨어져 있었다. 이곳은 본래 인공 조명이 되던 방이었던 모양이다. 이곳은 다른 곳에 비해 훨씬 더 내 전공 분야에 가까웠다. 내 양 옆으로 엄청나게 큰 기계들이 늘어서 있었다. 대부분 심하게 녹이 슬고 크게 파손되었지만 개중에 아직 꽤 완전한 모습을 갖춘 것들도 있었다. 알다시피 나는 기계라면 사족을 못 쓸만큼 좋아했다. 그래서 좀 더 오랫동안 살펴보았다. 그렇지만 나로서는 그 대부분이 무엇인지 알 수 없었고 그저 그것들의 용도를 막연하게나마 추측할 수 있을 뿐이었다. 만일 기계들의 수수께끼를 풀 수만 있다면 몰록의 공격을 막아내는 데도 큰 도움이 될 힘을 얻을 수 있을 것 같았다.

갑자기 위나가 내 곁으로 바짝 다가왔다. 너무 갑작스러워 깜짝 놀랐다. 위나가 아니었다면 나는 복도 바닥이 기울어져 있는 것을 전혀 몰랐을 것이다.* 내가 들어온 쪽 끝은 지면에서 상당히 높았고 드문드문 있는 좁은 창문으로 빛이 들어오고 있었다. 하지만 기운 바닥을 내려가자 땅바닥이 창문에까지 올라와 있었고, 각각의 창문마다 앞에는 런던 가옥의 지하실 출입구 같은 구멍이 나 있었으며, 그 위쪽에서 가느다란 햇살만이 겨우 스며들고 있었다. 나는 기계들에 대한 궁금증을 떨쳐버리지 못한 채 천천히 걸어 들어갔다. 기계들에 너무 정신이 팔려 있다 보니, 햇빛이 점차 약해지는 것도 알

* 실은 바닥이 기운 것이 아니라 박물관이 언덕의 경사면에 파고든 형태로 지어져 있었을 것이다. (편집자)

아채지 못했다. 위나가 점점 불안해하는 모습을 보고서야 비로소 그 사실을 깨달았다. 곧 회랑은 짙은 어둠에 휩싸였다. 나는 주저하며 주위를 둘러보았다. 그곳은 먼지가 다른 곳에 비해 훨씬 적었고 바닥 표면이 고르지 않았다. 저 앞쪽의 어두운 곳을 바라보니, 폭이 좁은 작은 발자국이 많이 나 있는 것이 보였다. 그것을 보는 순간, 당장에라도 몰록이 나타날 것만 같은 느낌이 들었다. 공연히 기계를 살펴보느라 시간만 낭비했다는 생각이 들었다. 정신을 차려보니 이미 꽤 늦은 오후가 되어 있었다. 그런데도 나는 아직 무기와 은신처, 불을 피울 도구를 마련하지 못하고 있었다. 그때 회랑에서 조금 떨어진 어두운 곳에서 마치 빗방울 떨어지는 듯한 특유의 후드득 소리와 전에 우물 속에서 들었던 소리와 똑같은 괴상한 소리가 들려왔다.

나는 위나의 손을 잡았다. 그때 문득 생각나는 게 있어서 그녀를 남겨두고 기계 쪽으로 갔다. 그 기계에는 철도 신호소에 있는 레버와 같은 것이 튀어나와 있었다. 나는 기계의 조종석으로 올라가 양손으로 레버를 잡고 힘껏 옆으로 잡아당겼다. 중앙 통로에 홀로 있던 위나가 갑자기 울먹이기 시작했다. 레버의 강도는 내가 예상했던 바와 똑같았다. 그것을 얼마간 잡아당겼더니 툭 부러져버렸다. 나는 그 쇠막대 무기를 들고 위나에게 달려갔다. 그 정도 무기라면 어느 놈이든 몰록의 머리통을 박살낼 수 있을 거라는 생각이 들었다. 나는 정말로 몰록을 죽여버리고 싶었다. 자신의 후손을 죽이고 싫어 하다니 너무 비인간적이지 않느냐고 생각할지도 모르겠다! 하지만 그런 놈들을 두고 조금이라도 인류애를 느끼기란 불가능하다. 그렇지만 나는 회랑을 곧장 달려내려가 이상한 소리를 냈던 그 짐승을 죽이고자 하는 생각을 단념했다. 위나를 혼자 놔둘 수 없었고 만일 내가 살인에 대한 갈망을 해소한다면 내 타임머신에 피해가 갈지도 모른다는 생각이 들었기 때문이다.

한손에는 쇠막대를 들고, 다른 손에는 위나를 안고 그 전시실을 빠져나와 또 다른 전시실로 갔다. 그러곤 그곳에서 훨씬 더 큰 또 다른 전시실로 갔는데 얼핏 보아 그곳은 찢어진 깃발들이 걸려 있는 군대 예배당이라는 느낌을 주었다. 그곳의 양옆에 널려 있던 갈색 누더기 더미들은 썩어가는 책들의 자취라는 것을 이내 알 수 있었다. 이미 오래전에 너덜너덜해졌기 때문에 알아볼 수 있는 활자는 하나도 남아 있지 않았다. 그러나 여기저기에 뒤틀린 두꺼운 책표지와 금이 간 금속 죔쇠들이 나뒹굴고 있어, 그것들이 한때 책이었음을 충분히 알려주었다. 만일 내게 문학적 소질이 있었다면 모든 야망의 허망함을 교훈적으로 설명할 수 있었을 것이다. 하지만 실은 내게 가장 강한 충격을 준 것은 엄청난 노력이 모두 허사가 되고 말았다는 사실이었다. 이 썩어가는 칙칙한 종이 더미가 그것을 입증해주고 있었다. 솔직히 고백하자면, 그때 내가 생각하고 있던 대부분은《왕립학회의 회보》와 물리 광학에 대한 17편의 내 논문이었다.

이제 우리는 넓은 계단을 올라 한때 기술화학 전시실이었던 듯한 곳으로 갔다. 나는 이곳에서 유용한 물건을 찾을 수 있으리라 상당히 기대했다. 천장 한쪽 부분이 부서진 것을 제외하고는 이 전시실은 꽤 잘 보존되어 있었다. 나는 부서지지 않은 모든 케이스를 열심히 살펴보았다. 그러던 중 마침내 확실하게 밀폐된 케이스들 중 하나에서 성냥갑 하나를 찾아냈다. 나는 매우 흥분한 마음으로 성냥을 켜보았다. 아주 잘 켜졌다. 습기가 조금도 스며들지 않았던 것이다. "춤추자." 나는 위나를 돌아보며 엘로이 말로 외쳤다. 이제 나는 우리가 두려워하는 무서운 존재들과 맞서 싸울 수 있는 무기를 손에 넣은 것이다. 그리하여 나는 바로 그 버려진 박물관 안 부드러운 양탄자처럼 두텁게 쌓인 먼지 위에서 춤을 추었다. 위나는 내 춤을 보며 몹시 즐거워했다. 나는 최대한 흥겹게 〈천국〉이라는 노래를 휘파람으로 불면서 진지한 몸짓으로 여러 춤을 뒤섞어 추었다. 허식 없는 캉캉을 추는가 하면, 스텝 댄스와 스커트 댄스(입고 있던 모닝코트가 허용하는 범위 내에서)를 추었고, 내가 창작한 춤을 추기도 했다. 여러분도 알다시피, 나는 천성적으로 창의적인 재능이 있다.

한데 지금 생각해보아도, 그 성냥갑이 아주 오랜 세월 동안 변치 않고 그대로 보존되었다는 것은 나로서는 정말 다행스러운 일인 동시에 신기한 일이 아닐 수 없다. 게다가 정말 놀랍게도 나는 더욱더 뜻밖의 물건을 발견했다. 그것은 바로 장뇌*였다. 그것은 밀폐된 병에 들어 있었는데, 아마 그 병은 정말 우연히 밀봉되었을 것이다. 나는 처음에는 그것이 파라핀**인 줄 알고 병을 깨트렸다. 한데 틀림없는 장뇌 냄새가 났다. 모든 것이 썩어버렸는데도 이 휘발성 물질은 몇천 세기를 보내고도 보존되어 살아남은 것이다. 그 장뇌를 보자 언젠가 본 적이 있는 세피아색 그림이 생각났다. 그 그림은 몇백만 년 전에 멸종되어 화석이 된 벨렘나이트***의 먹물로 그린 것이다. 장뇌를 막 버리려는 찰나, 그것은 인화성이 있으며, 연소할 때 매우 밝은 불꽃을 일으킨다는 생각이 뇌리에 스쳤다. 사실, 장뇌는 훌륭한 촛불이 될 수 있을 것이다. 그래서 나는 그것을 주머니에 집어넣었다. 하지만 청동문을 부술 만한 폭약이나 도구는 찾을 수 없었다. 지금까지 내가 챙긴 가장 유용한 도구는 쇠막대기뿐이었다. 그럼에도 나는 아주 의기양양하게 그 전시실을 나왔다.

그날 긴 오후 동안에 있었던 일을 모두 이야기할 수는 없다. 내가 돌아다니며 여기저기 살펴본 일들을 차례대로 생각해내는 것만도 쉽지 않은 일이다. 녹슨 무기 진열대들이 있던 긴 전시실이 기억난다. 그때 쇠막대 대신 도끼나 칼을 선택하면 어떨까 하고 잠시 머뭇거렸다. 하지만 두 가지를 모두 손에 들 수는 없었고 청동문을 부수

* 무색투명한 부드러운 고체나 판 모양의 결정체로 물에 잘 녹지 않으며, 유기 용매에 잘 녹는다.

** 원유를 정제할 때 생기는, 희고 냄새가 없는 반투명한 결정으로 양초나 연고, 화장품을 만드는 데 쓰기도 한다.

*** 중생대에 번성한 오징어 모양의 해생 화석동물

는 데는 쇠막대가 가장 적절할 것 같았다. 소총, 권총, 라이플 총 등 총도 꽤 많았다. 대부분은 잔뜩 녹이 슬어 있었지만 개중에는 어떤 신종 금속으로 만들어진, 아직 멀쩡해 보이는 것도 있었다. 한때는 화약통이나 화약이었을 것이 완전히 부식되어 먼지가 되어버린 상태로 있기도 했다. 한쪽 구석을 보니, 시커멓게 그을리고 부서져 있었다. 아마도 표본들 중에서 폭발이 일어난 듯했다. 엄청나게 많은 인형이 전시되어 있는 곳도 있었다. 폴리네시아인, 멕시코인, 그리스인, 페니키아인 등등 내가 머릿속에 떠올릴 수 있는 지구상 모든 나라 사람의 인형이 있었다. 그 많은 인형 중에 동석(凍石)으로 만든 남아메리카의 괴물이 특별히 눈에 들었다. 나는 솟아오르는 충동을 억제하지 못하고 그 괴물의 코에 내 이름을 써 넣었다.

저녁이 되면서 흥미도 시들어갔다. 나는 이 전시실에서 저 전시실로 옮겨다니며 살펴보았다. 전시실은 먼지에 쌓여 있었고 고요했다. 개중에는 폐허로 변한 곳도 있었다. 전시품들 중에는 녹이나 갈탄 덩어리에 불과한 것도 있었지만, 개중에는 꽤 깨끗한 것들도 있었다. 나는 어느 한곳에서 갑자기 주석 광산 모형과 마주쳤다. 그리고 우연히 단단히 밀폐된 케이스 안에서 다이너마이트 화약통 두 개를 발견했다! "유레카!" 나는 이렇게 외치고는 매우 기뻐하며 케이스를 부수었다. 그렇지만 좀 의구심이 들었다. 나는 잠시 망설이다가 옆의 작은 전시실을 택해 그곳에서 시험해보았다. 그처럼 실망하기는 처음이었다. 5분, 10분 그리고 15분, 다이너마이트가 폭발하기만을 기다렸지만 끝내 폭발하지 않았다. 그 다이너마이트는 모조품이었던 것이다. 겉모습만 제대로 살펴보았어도 알 수 있었을 텐데 그리하지 못했던 것이다. 만일 그것들이 모조품이 아니었더라면 나는 당장에 달려가 스핑크스와 청동문을 날려버렸을 것이다. 그리했다면 (나중에 밝혀질 일이지만) 타임머신을 찾을 기회도 함께 날려버렸을 것이다.

그다음으로 우리는 그 궁전 안에 있는 작은 안뜰에 이르렀다. 그곳에는 잔디가 심어져 있었고 과일 나무 세 그루가 있었다. 우리는 그곳에서 쉬면서, 과일을 먹으며 기운을 되찾았다. 태양이 점점 이울던 무렵, 나는 우리가 처한 상황을 곰곰이 생각해보았다. 밤이 서서히 찾아오고 있었지만 아직 몰록들이 접근하지 못할 은신처도 못 찾은 상황이었다. 하지만 당시 나는 그 점에 대해서 크게 걱정하지는 않았다. 몰록들의 공격을 막아내기에 가장 좋은 무기를 소지하고 있었기 때문이다. 바로 성냥을 가지고 있었던 것이다! 게다가 주머니 안에는 큰 불꽃이 필요하면 언제든 사용할 수 있는 장뇌가 들어 있었다. 우리가 할 수 있는 가장 좋은 방법은 탁 트인 넓은 곳에서 불을 피워놓고 밤을 지새는 거라는 생각이 들었다. 그러곤 아침에 타임머신을 되찾으면 되는 것이다. 그러기 위한 도구가 내겐 쇠막대뿐이었다. 하지만 이제는 많은 사실을 알고 있기 때문에, 지난번과는 달리 그 청동문을 여는 게 그다지 어렵지 않을 것 같은 생각이 들었다. 지금까지는 문 안쪽에 무엇이 있는지 알 수가 없었기에 억지로 문을 여는 것을 피하고 있던 것이다. 그 문은 그다지 튼튼해 보이지는 않았다. 이 쇠막대기면, 충분히 열 수 있을 것 같았다.

9

우리는 태양 일부가 아직 지평선 위로 얼굴을 내밀고 있을 때 그 박물관에서 나왔다. 다음날 아침 일찍 하얀 스핑크스가 있는 곳에 갈 작정이었다. 그래서 어두워지기 전에 지난 여정 중에 걸음을 멈추게 했던 숲을 빠져나가기로 마음먹었다. 내 계획은 그날 밤에 되도록 멀리 가서 불을 피워놓고 그 불빛을 방패 삼아 잠을 자는 것이었다. 그래서 나는 걸어가면서 나뭇가지나 마른풀을 보이는 대로 주워모았다. 이윽고 그것들이 한아름 가득하게 되었다. 그런 것들을 안고 걷다 보니 예상보다 발걸음이 늦었다. 더욱이 위나는 몹시 지쳐 있었다. 그리고 나 또한 수면 부족으로 몹시 힘들었다. 결국 숲에 이르기도 전에 이미 깜깜한 밤이 되고 말았다. 숲의 가장자리에 위치한 관목이 무성한 언덕에 오르자, 위나는 눈앞에 보이는 어둠을 무서워하며 더는 걷지 않으려 했다. 하지만 위험이 엄습해옴을 예감한 나는 그것을 경고로 받아들이고는 걸음을 멈추지 않았다. 나는 하루 밤과 이틀 낮 동안 한숨도 자지 못했다. 몸에서 열이 나고 신경이 날카로워져 있었다. 졸음이 엄습해오는 것을 느꼈다. 그리고 졸음에 빠져들면, 몰록들이 엄습해오는 것을 느꼈다.

우리가 머뭇거리는 사이에 우리 뒤로 시커먼 덤불 속에 웅크린 세 개의 어두운 형체가 흐릿하게 보였다. 우리 주위에는 덤불과 높이 자란 풀들뿐이었다. 놈들의 은밀한 접근으로부터 결코 안전할 수 없다는 것을 느꼈다. 어림잡아 숲은 폭이 1.5킬로미터도 채 안 되었다. 만일 숲을 통과해 아무것도 없는 언덕 중턱으로 나갈 수만 있다면 더욱 안전한 은신처가 있을 듯싶었다. 나는 성냥과 장뇌로 길을 밝히면서 숲을 빠져나갈 수 있으리라 생각했다. 하지만 성냥불을 손에 들고 가려면 땔감들을 버려야만 했다. 그래서 어쩔 수 없이 땔감을 내려놓았다. 그때 문득 그 땔감에 불을 붙여 우리 뒤를 쫓는 놈들을 놀라게 해줘야겠다는 생각이 떠올랐다. 이것이 정말 어리석은 짓이었음을 나중에야 비로소 알게 됐지만 그때는 우리를 쫓아오는 길목을 막는 데 더없이 좋은 방법이라고 생각했다.

여러분은 어찌 생각할지 모르지만, 사람도 없고 날씨도 온화한 곳에서는 불꽃이라는 것을 볼 기회가 거의 없다. 태양열은 불을 일으킬만큼 강하지 못했다. 열대지방에선 간혹 이슬방울이 렌즈처럼 햇빛을 모아 불을 일으키는 경우도 있지만, 이곳에선 그런 일은 일어나지 않았다. 벼락이 내리쳐 사물을 검게 그을릴 수는 있겠지만, 그것이 크게 불길로 번지는 경우는 거의 없을 것이다. 식물이 썩으면서 가끔 발효열을 낼 수는 있겠지만 불꽃을 일으키는 일은 거의 없을 것이다. 문명이 쇠락한 이 미래 세계에서는 불을 피우는 기술조차 완전히 잊히고 말았다. 땔감 더미 위로 날름거리며 솟아오르는 붉은 불의 혓바닥은 위나에게는 아주 새롭고 신기한 것이었다.

위나는 불길 쪽으로 뛰어가더니 그것에 손을 대려고 했다. 내가 붙잡지 않았다면, 분명 불길 속으로 뛰어들었을 것이다. 위나는 버둥거렸지만 나는 그녀를 꽉 붙잡아 껴안고는 숲속으로 힘껏 뛰어들어갔다. 내가 피워놓은 모닥불 불빛이 얼마간 앞길을 비춰주었다. 얼마 지나지 않아 뒤돌아보니 뒤얽힌 나무줄기 사이로 불길이 보였다. 그 모닥불에서 타오르던 불길이 주위의 덤불로 옮겨 붙더니 언덕의 풀밭을 태우며, 곡선 모양으로 그 위로 번져갔다. 나는 그 광경을 보고 웃으면서 다시 앞쪽의 시커먼 나무 쪽으로 몸을 돌렸다. 칠흑같이 어두웠다. 위나는 내게 바짝 달라붙었다. 하지만 눈이 어둠에 익숙해지면서 나는 흐릿한 빛에 의존해 나무를 충분히 피해 갈 수 있었다. 머리 위로는 아주 깜깜했지만 저 멀리 여기저기 작게 트인 하늘이 푸르스름한 빛을 보였다. 나는 양손이 자유롭지 못해 성냥을 한 개비도 켜지 못했다. 왼팔로는 위나를 안고 오른 손에는 쇠막대기를 쥐고 있었던 것이다.

얼마 동안 내 발밑에서 부러지는 나뭇가지 소리, 머리 위로 부는 산들바람에 나뭇잎이 조그맣게 살랑거리는 소리, 그리고 나 자신의 숨소리와 귓속 혈관의 맥박 소리 외에는 아무 소리도 들리지 않았다. 그런데 어느 순간 내 주위에서 후드득 빗방울 떨어지는 듯한 발걸음 소리가 들려왔다. 하지만 나는 굴하지 않고 계속 앞으로 나아갔다. 그 발걸음 소리는 점점 더 분명해지더니, 지하 세계에서 들었던 것과 같은 이상한 소리와 목소리가 들려왔다. 몰록이 여러 명 있는 것이 분명했다. 그들이 나를 덮치려 가까이 다가오고 있었다. 얼마 지나지 않아, 정말 무엇인가가 내 외투를 잡아당겼다. 이윽고 어떤 놈이 내 팔을 잡아끌기도 했다. 위나는 격렬하게 몸을 떨더니 완전히 얼어붙고 말았다.

이때야말로 성냥을 켜야 할 순간이었다. 하지만 성냥을 꺼내려면 위나를 내려놓아야 했다. 그녀를 내려놓고 주머니를 뒤지는 사이에 내 무릎 주변의 어둠 속에서 몸싸움이 벌어졌다. 위나는 아무 소리도 내지 못했지만, 몰록들은 하나같이 비둘기 울음소리 같은 특이한 소리를 내고 있었다. 또한 작고 부드러운 손들이 내 외투와 등줄기를 타고 올라와 내 목을 더듬었다. 바로 그때 나는 성냥을 그었다. 그러자 '쉬익' 하는 소리와 함께 성냥개비에 불이 붙었다. 확 타오르는 성냥불을 들고 주위를 살펴보니, 숲속으로 도망치는 몰록들의 하얀 등이 눈에 들어왔다. 나는 급히 주머니에서 장뇌 한 덩어리를 꺼내고는 성냥불이 사그라들면 곧바로 장뇌에 불을 붙일 준비를 했다. 그러고 나서 위나를 바라보았다. 그녀는 얼굴을 땅바닥에 붙이고 누워 내 다리를 꽉 붙잡고는 얼어붙은 듯 미동조차 하지 않았다. 갑작스러운 불안감에 나는 허리를 굽히고 그녀를 바라보았다. 그녀는 가까스로 숨을 쉬는 듯했다. 나는 장뇌 덩어리에 불을 붙여 땅바닥에 던졌다. 장뇌는 여러 갈래로 부서지며 확 타올라 몰록들과 어둠을 몰아냈다. 나는 무릎을 꿇고 위나를 안아 올렸다. 등 뒤의 숲은 수많은 몰록이 날뛰며 중얼거리는 소리로 가득했다!

그녀는 정신을 잃은 듯했다. 나는 조심스럽게 어깨에 그녀를 들쳐 매고 일어나 앞으로 나아가려 했다. 그때, 무서운 사실을 깨달았다. 성냥불과 위나에 정신이 팔려 있다 보니 여러 번에 걸쳐 가는 방향을 바꾸게 되었고 그 때문에 이제는 어느 쪽으로 가야 할지 도무지 알 수 없었다. 어쩌면 다시 '청자 궁전' 쪽으로 가고 있는지도 모른다. 온몸에 식은땀이 흘렀다. 어찌 해야 할지 빨리 판단해야 했다. 나는 일단 있던 곳에 불을 피우고 야영을 하기로 했다. 나는 풀이 덮인 나무줄기 위에 여전히 미동조차 없는 위나를 눕혔다. 처음 불을 붙인 장뇌 덩어리의 불길이 사그라지자 나는 서둘러 나뭇가지와 나뭇잎을 긁어모았다. 나를 둘러싼 어둠 여기저기에서 몰록들의 눈이 홍옥처럼 번쩍였다.

장뇌의 불이 깜박거리다가 꺼져버렸다. 나는 성냥불을 켰다. 그러자 위나에게 다가오던 하얀 형체 둘이 황급히 달아났다. 한 놈은 불빛에 너무 눈이 부신지 내 쪽으로 곧바로 달려들었다. 나는 힘껏 주먹을 휘둘렀다. 내 주먹맛을 본 놈의 뼈가 으스러지는 듯했다. 놈은 고통에 찬 비명을 지르며 잠시 비틀거리다가 바닥으로 꼬꾸라졌다. 또 다른 장뇌 조각에 불을 붙이고는 모닥불을 피울 만한 땔감을 그러모았다. 나는 곧 내 머리 위 나뭇잎들이 정말 바싹 말라 있다는 것을 알아챘다. 내가 타임머신을 타고 이곳에 온 후로 일주일가량, 단 한 방울도 비가 내리지 않았던 것이다. 그래서 나무들 사이를 돌아다니며 떨어진 나뭇가지를 줍는 대신에 나는 위로 껑충 뛰어 나뭇가지를 잡아 끌어내리며 꺾었다. 이윽고 생나무와 마른 나뭇가지가 숨 막힐 듯한 연기를 내며 불타올랐다. 이렇게 해서 장뇌를 절약할 수 있었다. 그때 나는 내 쇠막대기 옆에 누워 있는 위나 쪽으로 몸을 돌렸다. 나는 위나가 정신을 차리게 하려고 애썼지만 그녀는 죽은 듯이 누워 있었다. 그녀가 숨을 쉬고 있는지, 아니면 숨이 멎은 것은 아닌지 확신할 수 없었다.

그 순간, 모닥불 연기가 내 쪽으로 몰려들어, 나는 갑자기 정신이 아찔했다. 게다가 주위는 장뇌 냄새로 가득했다. 모닥불에 땔감을 더 지피지 않더라도 약 한 시간 동안 계속 탈 것이다. 힘에 겨운 일을 겪고 난 뒤라 몹시 지쳐 털썩 주저앉았다. 숲속에는 내가 이해할 수 없는, 졸음을 몰고 오는 듯한 속삭임으로 가득했다. 깜박 졸다가 얼른 눈을 뜬 것 같은 기분이 들었다. 주위엔 온통 어둠뿐이었고 몰록들의 손길이 느껴졌다. 나는 내 몸에 찰싹 달라붙은 그들의 손가락들을 뿌리치고 주머니를 뒤져 성냥갑을 찾았다. 한데 성냥갑이 없었다! 순간 놈들이 나를 다시 붙잡으며 덤벼들었다. 일순간 나는 어떤 일이 벌어졌는지 깨달았다. 나는 잠이 들어버렸고, 모닥불은 꺼지고 말았던 것이다. 순간 죽음의 두려움이 엄습했다. 숲은 나무들이 불타며 내는 냄새로 가득 차 있는 듯했다. 놈들은 내 목과 머리카락과 양팔을 잡고는 거세게 끌어당겼다. 어둠 속에서 그 부드러운 느낌의 생물들 모두에게 억눌리자 이루 말할 수 없는 공포를 느꼈다. 마치 거대한 거미줄에 걸린 것 같은 기분이 들었다. 급기야 나는 여러 놈에게 억눌리는 바람에 땅에 쓰러지고 말았다. 목덜미를 깨무는 작은 이빨이 느껴졌다. 나는 이리저리 굴렀다. 그러는 사이에 손에 쇠막대기가 닿았다. 순간 온몸에 힘이 솟았다. 나는 죽을힘을 다해 일어서 인간 쥐새끼 놈들을 떨쳐낸 후 쇠막대기를 짧게 잡고는 놈들의 얼굴이 있을 만한 곳을 향해 휘둘렀다. 나는 내가 가하는 공격에 놈들의 살이 터지고 뼈가 으스러지는 것을 느낄 수 있었다. 그리하여 잠시나마 나는 자유로워졌다.

종종 격렬하게 싸울 때 느끼곤 하는 이상야릇한 희열이 온몸을 휘감았다. 나는 나와 위나가 죽은 목숨이라는 것을 직감했다. 하지만 나는 놈들에게 순순히 먹잇감이 되어주기보다는 큰 대가를 치르도록 해주리라 마음먹었다. 나는 나무를 등지고 서서 쇠막대기를 마구 휘둘렀다. 숲속은 온통 놈들이 날뛰며 외쳐대는 소리로 가득했다. 1분쯤이 지나갔다. 그들은 흥분한 듯 더욱 목소리를 높였고 더욱 빠르게 움직였다. 하지만 어떤 놈도 내게 가까이 다가오지 않았다. 나는 서서 어둠 속을 뚫어지게 응시했다. 그때 갑자기 희망이 보였다. 혹 몰록들이 두려워하고 있진 않을까? 곧 이상한 일이 닥쳤다. 서서히 어둠 속에서 빛이 커져가는 듯했다. 내 주위에서 몰록들이 아주 희미하게 보이기 시작했다. 세 놈은 쇠막대기에 맞아 내 발아래 쓰러져 있었다. 그때 갑자기 믿기지 않을 만큼 놀라운 일이 일어나고 있음을 알게 됐다. 그놈들이 내 뒤에서 뛰쳐나와 끝이 보이지 않을 정도로 기다랗게 줄을 이루며 앞쪽의 숲속으로 도망치고 있었던 것이다. 그들의 등은 이제 하얀색이 아니라 불그스레한 빛깔을 띤 듯이 보였다. 멍하니 입을 벌린 채 서 있으려니, 별들이 반짝이는 나뭇가지 사이의 공간을 가로질러 작은 불티가 떠다니는 것이 보였다. 그것은 곧 사라졌다. 그제야 나무 타는 냄새, 이제는 거센 외침으로 커져가는 졸음을 몰고 왔던 속삭임, 붉은 섬광 그리고 몰록들의 도주 등을 알아차리게 되었다.

나는 등지고 서 있던 나무에서 앞으로 걸어나와 뒤를 돌아다보았다. 가까이 있던 검은 나무 기둥 사이로 불길에 휩싸인 숲이 보였다. 내가 처음에 피웠던 불이 내 뒤를 쫓아온 것이다. 그 불빛으로 위나를 찾아보았지만 그녀의 모습은 보이지 않았다. 등 뒤에서 들려오는 쉿쉿거리고 딱딱거리는 소리와 불이 나무들에 새로 옮겨 붙을 때마다 나는 '터덕' 하고 터지는 소리에 침착하게 생각하고 있을 여유가 없었다. 나는 그대로 쇠막대기를 손에 쥔 채 몰록들을 뒤쫓았다. 숨 막히는 필사의 경주였다. 한번은 달려가는 나의 오른쪽으로 불길이 빠르게 번져오는 바람에 나는 불길을 피해 왼쪽으로 방향을 틀어야만 했다. 나는 마침내 작은 빈터로 빠져나갔다. 그러는 중에 몰록 한 놈이 비틀거리며 내게 다가오더니 내 앞을 지나 곧바로 불길 속으로 달려들었다!

그때 나는 정말 섬뜩하고 무서운 광경을 목격했다. 미래 세계에서 본 것 중에서 가장 섬뜩하고 무서운 광경이었다. 타오르는 불길이 반사되어 사방은 온통 대낮처럼 밝았다. 빈터 한가운데에는 작은 언덕 혹은 고분이 있었는데, 그 위에는 불에 탄 산사나무가 한 그루 있었다. 불길은 그 언덕 너머 숲에까지 번져 이미 노란 혓바닥을 날름거리고 있었다. 그 불길은 빈터를 완전히 빙 둘러싸고 있었다. 언덕 중턱에 30, 40명의 몰록이 몰려 있었는데, 그들은 불빛과 열기 때문에 앞이 보이지 않자, 몹시 당황한 나머지 이리 뛰고 저리 뛰다가 서로 부딪히곤 했다. 처음에는 그들이 앞을 보지 못한다는 사실을 모르고 그들이 나를 향해 다가오자 두려운 나머지 쇠막대기로 그들을 미친 듯이 후려쳤다. 한 놈을 죽였고, 여러 놈에게 큰 상처를 입혔다. 그러나 나는 붉은 하늘을 배경으로 서 있는 산사나무 아래를 더듬어 나아가던 한 놈의 몸짓을 보고, 또 그들의 신음 소리를 듣고는 그들이 불길 속에서 완전히 무력한 상태에 처해 있음을 깨달았다. 그래서 나는 더는 그들을 공격하지 않았다.

그래도 이따금 공포에 떨며 내 앞으로 곧장 뛰어드는 놈들도 있었다. 그때마다 나는 재빨리 놈들을 피했다. 어느 순간 불길이 다소 약해지자, 나는 그 더러운 놈들이 곧 나를 볼 수 있지 않을까 두려웠다. 나는 그렇게 되기 전에 그놈들 중 몇 명을 해치울 생각을 했지만 불이 다시 활활 타오르는 바람에 참아야만 했다. 나는 몰록들을 피하면서, 그들로 둘러싸인 언덕을 여기저기 돌아다니며 위나의 흔적을 찾아보았다. 하지만 위나는 그 어디에도 없었다.

마침내 나는 작은 언덕 꼭대기에 주저앉아 이 기괴한 눈먼 무리들을 바라보았다. 그들은 손으로 더듬으며 이리저리 돌아다니다가 산불의 불빛이 자신들을 환히 비추자 서로 괴기스러운 소리를 질러댔다. 소용돌이치며 치솟은 연기는 하늘을 가로질러 흘러갔다. 붉게 물든 하늘에 드문드문 보이는 구멍들은 마치 다른 우주에 속하는 듯 멀게만 보였는데, 그 사이로 작은 별들이 반짝였다. 두세 명의 몰록이 비틀거리며 내게 다가왔다. 나는 몸서리치면서 주먹을 휘둘러 놈들을 쫓아냈다.

그날 밤 내내 나는 내가 겪고 있는 일이 악몽일 거라고 상상했다. 그래서 악몽에서 깨어나려는 마음에 입술을 깨물어보기도 하고, 크게 소리쳐보기도 했다. 두 손으로 땅바닥을 내리치며 일어섰다 다시 주저앉기도 했고, 이리저리 돌아다니다가 다시 주저앉기도 했다. 그러다가 갑자기 두 눈을 비비면서 악몽에서 깨어나게 해달라고 신에게 빌었다. 나는 세 번이나 몰록이 고통에 겨워 머리를 숙인 채 불길로 뛰어드는 광경을 보았다. 마침내 가라앉기 시작한 시뻘건 불길과 흘러가는 검은 연기 위로, 하얗게 재로 변했거나 검게 불타버린 나무 둥치 위로, 그리고 수가 줄어든 몰록들의 멍청해 보이는 얼굴 위로 희뿌연 빛을 비추며 날이 밝아오고 있었다.

나는 다시 위나의 흔적을 찾아보았지만 전혀 보이지 않았다. 몰록들이 가여운 그녀의 작은 몸뚱이를 숲속 어딘가에 내버려둔 채 도망친 것이 분명했다. 어쨌든 그녀가 놈들의 먹잇감이 되는 끔찍한 운명에서 벗어났다는 생각이 들자, 정말 얼마나 안도했는지 모른다. 그런 그녀의 끔직한 운명을 생각만 해도 내 주위에 있는 그 무력하고 흉측한 놈들을 전부 때려죽이고 싶었지만 꾹 참았다. 앞서 말했듯이 이 작은 언덕은 숲속에 있는 섬과 같았다. 지금 그 정상에서는 희뿌연 연기 속으로 '청자 궁전'이 보였다. 그것을 통해 하얀 스핑크스가 있는 곳의 방향을 알 수 있었다. 그래서 날이 더 밝자, 아직도 이곳저곳을 방황하며 신음하고 있던 그 빌어먹을 괴물들 곁을 떠나 발에 풀을 잔뜩 감고는 연기가 피어나는 잿더미와 속에는 불씨가 아직도 살아 있는 시커멓게 타버린 나무 둥치를 밟으며 타임머신이 숨겨진 곳으로 절름거리며 걸어갔다. 나는 지친 데다 발을 절뚝거렸기 때문에 천천히 걸어야 했다. 그리고 귀여운 위나가 끔찍하게 죽었을지 모른다는 생각을 하니 마음이 견딜 수 없이 아팠다. 그녀를 잃은 것은 내게 엄청난 불행으로 느껴졌다. 지금 아주 친숙한 이 방에 앉아 있으려니, 그녀를 잃은 슬픔마저 실제가 아닌 꿈속의 일처럼 느껴진다. 하지만 그날 아침에는 그녀를 잃은 나는 또다시 완전히 혼자가 되어, 가슴에 사무치는 외로움을 느꼈다. 바로 이 내 집과 이 난롯가는 물론이고 몇몇의 얼굴이 머릿속에 떠올랐다. 이런 생각과 더불어 이 세계로 돌아오고 싶은 갈망이 고통스럽게 마음을 사로잡았다.

그러나 밝은 아침 하늘 아래 연기가 피어오르는 잿더미를 밟고 걸어가다가 나는 한 가지 사실을 알게 됐다. 바지 주머니 속에 아직도 성냥 몇 개비가 남아 있었던 것이다. 성냥갑을 잃어버리기 전에 몇 개비가 그 갑에서 빠져나왔음에 틀림없었다.

10

아침 8시나 9시가 되었을 무렵에 그 노란 금속으로 만들어진 의자에 이르렀다. 그 세계에 도착하던 날 저녁에 그 의자에 앉아 그 세계를 둘러보았던 적이 있었다. 나는 그날 저녁에 성급하게 내렸던 결론을 생각하면서 씁쓸한 웃음을 짓지 않을 수 없었다. 그곳의 풍경은 지난번과 똑같이 아름다웠다. 잎이 무성한 나무들, 화려한 궁전과 거대한 폐허 그리고 비옥한 둑 사이로 흐르는 은빛 강, 모두 그때 그대로였다. 화려한 옷을 입은 아름다운 사람들이 나무들 사이 여기저기로 돌아다니는 모습이 보였다. 예전에 내가 위나를 구했던 바로 그 장소에서 헤엄을 치는 자들도 있었다. 그 광경을 보자 갑자기 가슴이 찢어지는 듯한 고통이 몰려왔다. 지하 세계로 통하는 통로를 덮고 있는 둥근 지붕들이 눈앞에 펼쳐진 풍경 곳곳에 얼룩처럼 솟아 있었다. 이제 나는 지상 사람들의 아름다움의 이면에 무엇이 감추어져 있는지 완전히 알게 되었다. 그들은 환한 낮에는 들판의 소 떼처럼 매우 즐겁게 보내는 듯했다. 그들은 소 떼처럼 적을 알려고도 하지 않았고 아무런 대비도 하지 않았다. 그리고 그들은 소들과 마찬가지로 최후를 맞이했다.

인간의 지적 능력이 만들어낸 꿈이 얼마나 덧없는 것인가 하는 생각이 들자, 몹시 슬펐다. 인간의 지적 능력이 자신을 죽이고 만 것이다. 인간은 안락하고 편안한 사회, 즉 구호로 외치던 안전과 영속성이 조화를 이룬 사회를 부단히 지향했다. 그러곤 마침내 희망대로 목표를 달성하게 되었다. 하지만 그 결과는 바로 이런 세상이었던 것이다. 한때는 생명과 부가 거의 완벽하게 안정된 사회를 이루었을 것이다. 부자들은 부와 안락함을 보장받고 노동자들은 생명과 노동을 보장받았을 것이다. 그 완벽한 세계에서는 실업 문제나 그 밖에 해결되지 않은 사회 문제는 없었을 것이다. 그래서 아주 평온한 시대가 도래했을 것이다.

다재다능한 지적인 능력은 변화와 위험과 어려움을 겪으면서 얻게 되는 보상인 것이 자연의 법칙인데, 우리는 그것을 간과하곤 한다. 주위 환경과 완벽한 조화를 이루는 동물은 완벽한 기계와 같다. 자연은 습관이나 본능이 더는 유용하지 않을 때가 되어서야 지능에 호소하는 법이다. 변화나 변화의 필요성이 없는 곳에서는 지적 능력이 존재할 수 없다. 갖가지 커다란 결핍과 위험에 직면하는 동물만이 지적 능력을 소유할 수 있다.

내 생각에 이처럼 지상 세계의 인간들은 서서히 연약하지만 아름다운 존재로 변모해갔고 지하 세계는 단순히 기계적인 산업 공간으로 변해갔다. 하지만 이러한 완벽한 상태나 기계적인 완벽성에도 한 가지 결여되어 있는 것이 있었다. 그것은 바로 완전한 영속성이었다. 시간이 흐르면서 아무래도 지하 세계에 대한 식량 공급이 원활하지 못했을 것이다. 그리하여 몇천 년 동안 잊혔던 발명의 어머니인 '필요'가 다시 등장해 지하 세계에서 모습을 드러냈다. 지하 세계는 기계와 가까이하고 있었는데, 아무리 기계가 완벽하다고 해도 습관 이외에 어느 정도 지적 능력이 필요했다. 따라서 지하의 인간들은 지상 사람들에 비해 인간적 성품에서는 모든 면에서 떨어졌을지라도 창의성에서는 필연적으로 앞섰을 것이다. 그래서 고기를 구할 수 없게 되자, 그들은 그때까지 옛 관습이 금기시해온 것을 먹기 시작한 것이다. 바로 그것이 80만 2701년의 세상에서 내가 마지막으로 목격한 광경이었다. 이와 같은 해석은 인간의 지혜로 상상할 수 있었던 것이니만큼, 틀린 생각일지도 모른다. 하지만 어쨌든 나는 내 생각 그대로 여러분에게 말하는 것이다.

지난 며칠 동안 피로와 흥분과 공포에 시달린지라 매우 슬프면서도 그곳의 편안한 자리에 앉아 평화로운 경치를 바라보며 따뜻한 햇살을 받고 있으려니 기분이 한결 상쾌해졌다. 나는 몹시 피곤하고 몹시 졸렸으며 이런저런 생각 중에 곧 꾸벅꾸벅 졸기 시작했다.

그렇게 조느니 차라리 잠을 청하는 게 좋을 듯싶어 나는 잔디밭에 몸을 쭉 펴고 드러누워 오랫동안 깊은 잠에 빠져들었다.

나는 해가 지기 조금 전에 깨어났다. 이제는 몰록들에게 습격당할 염려가 없으니 크게 기지개를 켜고는 하얀 스핑크스를 향해 언덕을 내려갔다. 한 손엔 쇠막대기를 들었고 다른 한 손은 주머니 속의 성냥 몇 개비를 만지작거리고 있었다.

그때 전혀 예상하지 못한 일이 일어났다. 스핑크스의 받침대로 다가가 보니 청동문이 열려 있었던 것이다. 그 문은 아래 홈 속으로 미끄러져 내려가 있었다.

나는 그 앞에 멈춰 선 채 잠시 동안 들어가기를 망설였다.

그 안에는 작은 방이 있었고 구석의 약간 높은 곳에 타임머신이 놓여 있었다. 내 주머니에는 작은 레버가 들어 있었다. 나는 하얀 스핑크스를 함락하려고 내 나름대로 모든 준비를 철저히 했는데, 놈이 이렇게 간단히 굴복하고 말았던 것이다. 나는 쓸모가 없게 된 쇠막대기를 조금 아쉬워하며 내던졌다.

몸을 숙이고 입구 쪽으로 들어섰는데, 그때 문득 뇌리에 스치는 생각이 있었다. 적어도 이번만은 몰록들의 속셈을 알 듯했다. 나는 터져나오려는 웃음을 애써 참으며 청동 문틀을 밟고 넘어 타임머신 쪽으로 걸어갔다. 놀랍게도 타임머신은 빈틈없이 기름이 쳐져 있었고, 깨끗하게 손질이 되어 있었다. 어쩌면 몰록들이 이 타임머신이 어떤 기계인지 알아보려고 그들 나름대로 일부분을 대충 분해해보았는지도 모른다는 생각이 들었다.

이제 나는 그곳에 선 채 타임머신을 살펴보았다. 내 발명품을 다시 만져보는 것만으로도 몹시 기뻤는데, 그때 내가 우려했던 일이 일어났다. 청동문이 갑자기 스스로 올라오더니 문틀에 부딪치며 쾅 소리와 함께 닫혀버린 것이다. 나는 어둠에 갇히고 말았다. 몰록들은 그렇게 생각했을 것이다. 그런 생각이 들자, 절로 웃음이 나와 나는 낄낄거리며 웃었다.

나는 이미 그들이 키득거리며 속삭이는 소리를 들었다. 그들이 내게 다가오고 있었던 것이다. 나는 아주 침착하게 성냥을 켤 준비를 했다. 이제 레버를 타임머신에 끼우고 유령처럼 사라지면 되는 것이다. 하지만 나는 한 가지 사실을 간과했다. 그 빌어먹을 성냥으로는 성냥갑이 없으면 불을 켤 수 없다는 사실을.

여러분은 그 순간 내가 얼마나 당황했는지 상상할 수 있을 것이다. 그 작은 괴물들은 이미 내 코앞까지 다가와 있었다. 한 놈이 내 몸을 건드렸다. 나는 어둠 속에서 그놈에게 무작정 레버를 휘두르고는 타임머신의 좌석으로 기어올랐다. 그때 손 하나가, 뒤이어 또 다른 손 하나가 나를 덮쳤다. 나는 레버를 빼앗으려는 놈들의 끈질긴 손길을 뿌리치면서 동시에 레버를 꽂을 위치를 더듬어 찾았다. 한순간, 나는 하마터면 레버를 빼앗길 뻔했다. 레버가 내 손아귀에서 미끄러져 빠져나가려는 순간 나는 어둠을 향해 머리를 힘껏 들이받았다. 몰록의 두개골이 깨지는 듯한 소리가 들렸고 나는 레버를 되찾을 수 있었다. 이 최후의 쟁탈전은 숲속에서 한 싸움보다도 훨씬 더 필사적이었다.

마침내 나는 레버를 제 위치에 끼우고는 밀어서 당겼다. 나를 붙들고 있던 손들이 미끄러지듯 떨어져나갔다. 이윽고 내 눈앞에서 어둠이 사라져갔다. 나는 앞서 설명한 회색빛 소용돌이 속으로 빠져들었다.

11

이미 말했듯이 시간 여행 중에는 구토와 현기증이 따른다. 게다가 이번에는 좌석에 제대로 앉지 못하고 옆으로 불안정하게 앉아 있었다. 얼마 동안인지는 알 수 없었지만 나는 타임머신이 요동치며 흔들리는 동안에 그것에 매달려 있었다. 어느 시대로 가고 있는지도 알 수 없었다. 이윽고 간신히 계기판을 보고는, 나는 타임머신이 도착한 곳을 알고서 깜짝 놀랐다. 한 계기판은 1일 단위로 표시되어 있었고 또 다른 계기판들은 각각 1,000일, 100만 일, 10억 일 단위로 표시되어 있었다. 그런데 나는 과거를 향해 레버를 조종한 것이 아니라 미래로 향하도록 레버를 당긴 것이다. 이 계기판들을 보았을 때, 나는 1,000일 단위의 바늘이 시계 초침처럼 빠르게 회전하고 있는 것을 알게 되었다. 나는 미래로 향하고 있었다.

이처럼 미래로 향하는 사이에 주위 환경이 이상하게 변해갔다. 흔들리는 회색빛은 점점 더 어두워져갔다. 그러고 나서 이토록 엄청난 속도로 시간 여행을 하는 중에도 낮과 밤이 연속해서 바뀌며 깜박거리는 것을 알 수 있었다. 그것은 보통 그 속도가 줄고 있음을 암시하는 것이었다. 밤과 낮이 계속 바뀌면서 점점 더 명확히 알 수 있었다. 처음에는 그런 사실에 몹시 당황했다. 그러다 낮과 밤이 교체되는 속도가 점점 느려지고 하늘을 가로지르는 태양의 움직임도 마찬가지로 느려지더니, 결국에는 몇 세기가 걸려서야 낮과 밤이 바뀌는 것처럼 느껴졌다. 마침내 지구는 어스름에 휩싸인 채 변하지 않았다. 그 어스름은 이따금씩 혜성이 밝은 빛을 발하며 어두운 하늘을 가로지를 때만 깨지곤 했다. 태양을 나타내던 빛의 띠는 사라진 지 이미 오랜 뒤였다. 태양은 이제 이울지 않았다. 그저 서쪽에서 높게 떠올랐다가 낮게 내려앉곤 할 뿐이었고 더욱더 커지고 붉어졌다. 달은 완전히 자취를 감추었다. 원을 그리며 회전하는 별들의 움직임도 점점 더 느려지더니 마침내 기어가는 한 점 빛으로 변했다. 내가 타임머신을 멈추기 조금 전에, 그 새빨갛고 거대한 태양이 마침내 지평선상에 딱 멈춰 섰다. 이 태양은 희미한 열기를 뿜어내는 빛나는 거대한 원형 지붕처럼 보이는가 하면, 당장이라도 푹 꺼져버릴 듯이 이따금씩 고통스럽게 깜박였다. 어느 순간 태양은 잠시 동안 다시 밝게 빛을 발했다. 하지만 곧 음침한 붉은 빛깔로 되돌아가버렸다. 나는 태양이 뜨고 지는 것이 느려진 것으로 미루어

보아, 인력에 어떤 변화가 있을 것이라고 생각했다. 우리 시대의 달이 한쪽 면만을 지구 쪽으로 향해 있듯이 지구가 한쪽 면만을 태양 쪽으로 향해 있게 된 것이다. 지난번에 곤두박질쳤던 일이 생각나서 나는 아주 조심스럽게 타임머신 속도를 늦추었다. 계기판 바늘들의 회전 속도가 점차 줄어들더니, 마침내 천 일 단위 계기판의 바늘은 멈춘 듯 보였다. 그리고 눈금이 뿌옇게만 보이던 1일 단위 계기판이 이제는 명확히 보였다. 속도를 더욱더 늦추자 점차 황량한 해안의 흐릿한 윤곽이 보였다.

나는 아주 천천히 타임머신을 멈추고 좌석에 바로 앉은 채 주위를 둘러보았다. 하늘은 더는 푸르지 않았다. 북동쪽 하늘은 잉크처럼 새까맸고 그 어둠 속에서 창백한 하얀 별들이 끊임없이 밝게 빛났다. 머리 바로 위의 하늘은 짙은 황적색이었고 별 하나 보이지 않았다. 남서쪽으로 갈수록 하늘은 점점 더 밝으면서 타는 듯한 진홍빛깔을 띠었는데, 그쪽에는 거대한 붉은 태양이 지평선에 걸린 채 꼼짝하지 않았다. 주위의 바위는 어쩐지 눈에 거슬리는 불그스레한 색을 띠었고 처음 눈에 띄는 생명체의 흔적이라고는 바위 남동쪽 면 중에 불쑥 튀어나온 부분을 온통 덮은 짙은 녹색 식물뿐이었다. 그 식물은 숲속에서 볼 수 있는 이끼나 동굴에서 흔히 자라는 지의류 식물과 같은 짙은 녹색이었다. 항상 어둠침침한 곳에서 자라는 종이었다.

타임머신은 경사진 해변에 멈춰 서 있었다. 바다는 남서쪽으로 펼쳐져 어둠침침한 하늘을 배경으로 뚜렷이 보이는 밝은 수평선까지 이어졌다. 해안에 부서지는 파도도 바다에 출렁이는 파도도 보이지 않았다. 바람 한 점 불지 않았다. 바다의 물결이 고른 숨결처럼 그저 희미하게 출렁이며 영원의 바다가 아직도 살아 움직이고 있음을 보여주었다. 이따금 파도가 부서지는 해변을 따라 소금층이 두텁게 형성되어 있었는데, 새빨간 하늘을 반사해 연분홍색으로 보였다. 갑자기 머리가 짓눌리는 느낌이 들었고 호흡이 몹시 가빠졌다. 그것은 언젠가 등산을 하면서 경험했던 것과 같은 느낌이었다. 그 사실로 미루어볼 때 공기가 우리 시대보다 훨씬 희박해진 것이 분명했다.

황량한 비탈 위 아주 높은 상공에서 날카로운 비명 소리가 들려왔다. 그쪽을 쳐다보니, 엄청나게 큰 하얀 나비 모양 생명체가 비스듬히 하늘 위로 훨훨 날아올라 원을 그리며 저편 낮은 언덕 너머로 사라지는 것이 보였다. 그 생명체가 내는 소리가 너무나 소름 끼쳐 나는 몸서리치며 타임머신 좌석에 꼭 붙어 앉았다. 다시 한번 주위를 살펴보니, 내가 불그스레한 바윗덩어리라고 생각했던 것이 아주 가까운 곳에서 천천히 내게 다가오는 게 보였다. 순간 나는 그것이 실은 게처럼 생긴 거대한 괴물임을 알게 됐다. 테이블만큼 큰 게를 상상할 수 있겠는가? 그놈은 여러 개의 다리를 느릿느릿 불규칙하게 움직이며 커다란 집게발을 이리저리 흔들었고, 마부의 채찍처럼 기다란 더듬이를 이리저리 움직이면서 주위를 탐색했으며, 금속

같은 얼굴 양옆으로 줄기처럼 뻗어나온 눈으로 무언가를 노려보았다. 그놈들의 등에는 주름이 잡혀 있었고, 보기 흉한 돌기가 잔뜩 돋아나 있었다. 게다가 여기저기 푸르스름한 딱지가 부스럼처럼 나 있었다. 복잡하게 생긴 입언저리에서 돋아나온 수많은 촉수는 놈이 움직일 때마다 나불거리며 주위를 탐색했다.

이처럼 추악해 보이는 괴물이 나에게 다가오자, 마치 파리가 앉은 것처럼 뺨이 근질거렸다. 나는 손으로 뺨을 쓸었지만 곧 다시 간지러웠다. 그리고 이번에는 곧바로 귀까지 근질거렸다. 난 손바닥으로 뺨을 철썩 때렸다. 그러자 실 같은 것이 손에 잡혔다. 그것은 손에서 재빨리 빠져나갔다. 깜짝 놀라 뒤돌아보니, 또 하나의 거대한 괴물 게 한 마리가 내 앞에 서 있었다. 내 손에 잡혔던 것은 그 놈의 촉수였던 것이다. 그놈은 줄기처럼 생긴 것에 붙어 있는 흉악한 두 눈을 마구 굴렸고 입은 식욕이 당기는지 우물거렸다. 보기 흉한 커다란 집게발에는 끈적끈적한 해조류가 덕지덕지 달라붙어 있었다. 그런 그놈이 나에게 덤벼들려 하고 있었다. 나는 재빨리 레버를 잡고는 한 달 미래로 가서 그 괴물들에게서 벗어났다. 그러나 나는 여전히 같은 해안에 있었다. 타임머신을 멈추자 그 괴물들이 또렷이 눈에 들어왔다. 음침한 빛 속에서 몇십 마리가 짙은 녹색 이끼 사이를 헤집으며 기어다니는 것 같았다.

그 세상을 뒤덮고 있는 섬뜩한 황량함, 정말 그 느낌을 제대로 표현할 길이 없다. 불그스름한 동쪽 하늘, 시커먼 북쪽 하늘, 죽은 듯 고요한 바다, 흉측한 괴물들이 느릿느릿 기어다니는 바위투성이 해안, 독을 품은 듯 보이는 한결같은 녹색 이끼류, 숨쉬기조차 어려운 희박한 공기. 이 모든 것이 섬뜩한 황량함을 자아냈다. 나는 백 년 미래로 이동했다. 여전히 태양은 붉었지만 약간 더 크고 흐릿해 보였다. 죽은 듯 고요한 바다나 차가운 공기도 여전히 똑같았다. 또한 녹색 식물과 붉은 바위 사이로 흉측한 갑각류 무리가 이리저리 기어다니는 것도 여전했다. 서쪽 하늘에는 거대한 초승달처럼 생긴 푸르스름한 곡선이 보였다.

나는 이처럼 대략 천 년이라는 무수한 세월의 간격을 두고 타임머신을 멈춰가면서 시간여행을 했다. 지구의 운명에 관한 비밀에 이끌렸던 것이다. 그리하여 나는 서쪽 하늘에서 태양이 점점 커져가며 빛을 잃어가는 모습과 옛 지구의 생물들이 사라져가는 것을 기이하게 홀린 듯이 지켜보았다. 그리고 마침내 지금으로부터 3천만 년 후의 세계에 도착해보니, 붉게 타오르는 커다란 둥근 태양이 어두운 하늘을 거의 10분의 1이나 뒤덮고 있었다. 바로 그 순간 나는 다시 한번 타임머신을 멈추었다. 기어다니던 무수한 게들은 자취를 감추었고 붉은 해변에는 검푸른 이끼와 지의류 식물 말고는 어떠한 생명체도 보이지 않았다. 그리고 이제는 해변 이곳저곳을 반점처럼 하얗게 뒤덮고 있는 무언가가 보였다. 갑자기 심한 추위가 엄습했다. 이따금씩 하얀 눈발이 소용돌이치며 날렸다. 북동쪽을 바라보니, 새까만 하늘에 별이 반짝였고 그 아래로 눈이 별빛을 받아 빛나고 있었다. 그리고 파도처럼 기복이 있는 작은 언덕들의 꼭대기는 연분홍빛을 띤 흰색으로 보였다. 해변은 쭉 얼어붙어 있었고 좀 더 멀리 앞바다에는 얼음덩어리가 떠다니고 있었다. 하지만 소금기가 있는 바다의 대부분은 영원히 변치 않는 석양빛을 받아 핏빛으로 물든 채 아직 얼지 않은 상태였다.

나는 여전히 왠지 모를 두려움 때문에 타임머신 좌석에서 엉덩이를 떼지 못한 채 살아남은 동물의 자취가 있는지 확인하려고 주위를 살펴보았다. 하지만 땅이나 하늘이나 바다를 보아도 움직이는 것은 좀처럼 눈에 띄지 않았다. 바위에 붙어 있는 끈적끈적한 녹색 이끼만이 생명체가 아직 소멸하지 않았음을 증명해주었다. 바다에는 얕은 모래톱이 드러나 있었다. 해변에서 바닷물이 빠져나간 것이다. 그 모래톱에서 뭔가 시커먼 것이 퍼덕거린 것 같은 느낌이 들었다. 하지만 가만히 쳐다보니, 이제는 조금도 움직이지 않았다. 나는 잘못 본 거라고, 그저 검은 바위에 지나지 않다고 생각했다. 하늘의 별들은 무척 밝았고 거의 깜박이지도 않는 듯 보였다.

불현듯 나는 태양의 둥근 윤곽 중 서쪽 부분에 변화가 일어났음을 깨달았다. 그 곡선 부분이 만(灣)처럼 움푹 파여 있었던 것이다. 그리고 그 파인 것이 점점 더 커져갔다. 나는 잠시 동안 깜짝 놀란 채 멍하니, 태양을 서서히 잠식해가는 검은 그림자를 바라보았을 것이다. 그러곤 문득 일식이 시작되고 있음을 깨달았다. 달이나 수성이 둥근 태양 앞을 가로지르고 있었던 것이다. 물론 처음에는 달일 것이라고 생각했다. 하지만 실제로 내가 본 것은 내행성*이 지구 바로 가까운 곳을 스쳐가고 있는 것이라고 생각하는 편이 더 그럴싸하게 느껴졌다.

빠르게 어둠이 찾아왔다. 동쪽에서 차가운 바람이 점차 거세게 불어왔고, 하늘에선 하얀 눈송이가 더욱 세차게 쏟아졌다. 해변에서 작은 파도가 일렁이면서 속삭이는 듯한 소리가 들려왔다. 이와 같은 생명 없는 소리를 제외하면 온 세상은 침묵에 빠져 있었다. 침묵? 나로서는 그 침묵의 적막감을 제대로 표현할 길이 없다. 사람들 목소리, 양들 울음소리, 새들의 지저귐, 벌레들의 윙윙거림 등 우리의 생활환경 속에서 늘 듣곤 하던 소리가 모두 사라져버린 것이다. 어둠이 짙어지자 눈발이 소용돌이치며 더욱 거세게 날리면서 눈앞에서 춤을 추었다. 게다가 차가운 바람도 더욱 거세졌다. 마침내 저 멀리 보이는 작은 산들의 하얀 봉우리가 하나둘씩 빠르게 어둠 속으로 사라져갔다. 잠잠하던 바람이 울부짖기 시작했다. 일식 한가운데의 검은 그림자가 내게 천천히 다가오고 있었다. 다음 순간, 푸르스름한 별들 말고는 아무것도 보이지 않았다. 그 밖에 모든 것이 완전히 빛을 잃고 어둠에 잠겼다. 하늘도 암흑으로 변했다.

사방이 어둠에 휩싸이자 두려움이 엄습했다. 뼛속까지 스며드는 추위와 숨 쉴 때마다 느껴지는 고통 때문에 나는 몸을 가눌 수가 없

---

* 태양계에서 태양과 지구 사이에 있는 행성으로 수성, 금성 따위 등이 있다.

었다. 온몸이 부들부들 떨렸고, 심한 구토가 일었다. 그때 하늘을 보니, 태양의 가장자리가 빨갛게 달아오른 활 모양으로 변해 있었다. 정신을 차리려고 타임머신에서 내렸다. 현기증이 너무 심해서 귀환 여행을 할 수 없을 것 같았다. 뱃속이 매스껍고 머리가 어지러웠지만 그대로 서 있으려니까 모래톱에서 붉은 바다를 배경으로 움직이던 것이 다시 눈에 들어왔다. 이제 보니, 움직이는 것이 확실했다. 그것은 둥근 모양에 축구공 크기였다. 아니, 그것보다 약간 컸는지도 모른다. 그놈은 여러 개의 촉수를 길게 늘어뜨리고 있었는데, 출렁거리는 핏빛 바닷물을 등지고 있어서 시커멓게 보였다. 놈은 발작적으로 껑충 튀어오르고 있었다. 갑자기 나는 기절할 것만 같았다. 하지만 이 소름 끼치는 어스름한 머나먼 세계에 힘없이 쓰러져 있을 생각을 하니 소름이 끼쳐 기운을 내고 타임머신 좌석으로 기어올라갔다.

12

그렇게 해서 나는 돌아왔다. 분명 나는 오랫동안 타임머신 안에서 의식을 잃은 채 있었을 것이다. 정신을 차리고 보니, 낮과 밤이 또다시 깜빡이며 계속해서 바뀌어갔다. 태양은 다시 금빛으로 빛났고 하늘은 파래졌다. 숨도 훨씬 자유롭게 쉴 수 있었다. 오르락내리락 요동치는 지평선의 윤곽이 보였다. 계기판 바늘들이 거꾸로 돌아가고 있었다. 마침내 나는 희미한 집들의 그림자, 즉 쇠퇴기에 접어든 인류의 증거를 다시 보게 됐다. 이것들도 변하더니 곧 사라지고 또 다른 것이 나타났다. 이내 백만 일 단위 계기판의 바늘이 0을 가리켰을 때, 나는 속도를 늦추었다. 작고 낯익은 우리 시대의 건물이 보이기 시작했다. 그 순간 천 일 단위 계기판의 바늘이 원점으로 돌아와 있었고 낮과 밤의 바뀜도 점차 느려졌다. 이윽고 연구실의 낡은 벽이 내 주위에 나타났다. 나는 아주 천천히 타임머신의 속도를 늦추었다.

사소하지만 이상한 한 가지 사실을 깨달았다. 이미 말했을 텐데, 타임머신이 출발할 때, 그러니까 타임머신 속도가 아주 빨라지기 전에 워쳇 부인 마치 로켓처럼 빠른 속도로 방을 가로질러 가는 것처럼 보였었다. 나는 돌아오면서 그녀가 연구실을 가로질러 갔던 시간을 다시 통과했다. 한데 이번에는 그녀의 모든 움직임이 이전의 움직임과는 정반대로 보였다. 아래쪽 끝에 있는 문이 열리더니, 그녀가 조용히 미끄러지듯 연구실로 들어왔다. 하지만 이내 뒷걸음질치며 앞서 들어왔던 문으로 빠져나갔다. 방금 전에 힐리어를 순간적으로 본 듯했지만 그는 번개처럼 사라지고 말았다.

이윽고 나는 타임머신을 멈추고는 다시 만난 아주 낯익은 연구실을 둘러보았다. 도구와 장비들은 시간 여행을 떠날 당시 그대로였다. 나는 비틀거리며 타임머신에서 내려 의자에 앉았다. 한동안 온몸이 심하게 떨렸다. 그러곤 얼마간의 시간이 지나면서 나는 점차 안정을 찾았다. 나는 예전 그대로 내 작업실에 돌아와 있었다. 혹 내가 이곳에서 잠들어 있었던 것은 아닐까 하는 생각이 들었다. 모든 것이 꿈일지도 모른다는 생각이 들었다.

아니, 모든 게 꿈일 리는 없었다! 타임머신은 연구실 남동쪽 구석에서 출발했다. 그런데 지금은 여러분이 보고 있는 벽과 마주한 북서쪽에 위치해 있다. 그 거리 차이는 내가 도착했던 미래의 작은 잔디발에서 몰록들이 타임머신을 옮겨놓은 하얀 스핑크스의 받침대까지의 거리와 정확히 일치했다.

한동안 나는 머릿속이 텅 비어 있는 느낌이었다. 하지만 이윽고 몸을 일으켜 절뚝거리면서 복도를 지나 이곳으로 왔다. 발뒤꿈치는 여전히 아팠고 몸은 몹시 더러워진 느낌이 들었다. 그때 문 옆 테이블에 놓인《펠맬 가제트》지가 눈에 들어왔다. 그 신문의 날짜를 보고 오늘을 확인했다. 시계를 보니 8시가 거의 다 되어 있었다. 그때 여러분의 목소리와 식기가 딸그락거리는 소리가 들렸다. 나는 망설였다. 몸이 아프고 몹시 지쳐 있었기 때문이다. 아주 맛있고 영양가 있는 고기 냄새가 풍기자 나는 결국 참지 못하고, 문을 열어 여러분 앞에 모습을 드러낸 것이다. 그 뒤의 일은 여러분이 아는 바와 같다. 나는 목욕을 하고 식사를 한 후에 지금 이렇게 여러분에게 이야기를 들려주고 있는 것이다.

시간 여행자는 잠시 숨을 돌리고는 다시 말을 이었다.

"여러분은 이 모든 이야기가 결코 믿기지 않을 거라는 걸 잘 알고 있소. 나 역시 오늘 밤에 이렇게 내 친숙한 방에 돌아와서 정다운 여러분의 얼굴을 마주하고 이런 기이한 모험담을 들려주고 있다는 사실이 도무지 믿기지 않소."

그는 의사를 바라보며 말했다.

"아니오. 난 여러분이 내 이야기를 믿으리라 기대하지 않소. 내 이야기가 거짓말이라 생각해도 좋소. 아니면 일종의 예언이라고 생각하든가. 혹은 작업장에서 꿈을 꾼 거라고 말해도 좋소. 내가 인류의 운명에 관해 사색하던 중에 이러한 허구적인 이야기를 꾸며낸 거라고 생각해도 좋소. 혹은 내가 진실이라고 주장하는 것은 단순히 이야기의 흥미를 돋우기 위한 수법이라고 생각해도 좋소. 그럼, 내 이야기가 그저 꾸며낸 이야기라고 치면, 여러분은 그걸 어떻게 생각하오?"

그는 담배 파이프를 집어 들더니, 다소 신경질적인 표정을 지으며 평소 습관대로 그것을 벽난로의 가로대에 톡톡 두드리기 시작했다. 순간 침묵이 흘렀다. 다음 순간, 의자가 삐걱대고 구두로 양탄자를 문지르는 소리가 들렸다. 나는 시간 여행자의 얼굴에서 시선을 거두어 그의 청중을 둘러보았다. 그들은 어둠 속에 있었는데 난로의 작은 불빛이 그들 앞에서 너울거렸다. 의사는 신경을 곤두세우고 집 주인을 주시하는 듯했다. 편집장은 피우던 시가의 끄트머리를 노려보았다. 이미 여섯 개비째였다. 신문기자는 회중시계를 만지작거렸다. 내 기억으로 다른 사람들은 꼼짝도 하지 않았다.

편집장이 한숨을 쉬면서 일어섰다.

"당신이 소설가가 아닌 게 정말 유감이오."

그가 시간 여행자의 어깨에 손을 얹으며 말했다.

"내 얘길 못 믿겠소?"

"음……."

"믿을 리 없을 거라고 생각했소."

시간 여행자는 우리 쪽으로 얼굴을 돌렸다.

"성냥 어디 있소?"

그가 말했다. 그러곤 파이프에 불을 붙이고는 뻐끔거리며 말했다.

"실은…… 나 역시 믿기질 않소…… 하지만 그래도……."

그는 아무 말없이 생각에 잠기며 작은 테이블 위에 놓인 시든 하얀 꽃으로 시선을 옮겼다. 그러고는 파이프를 쥔 손을 뒤집어 반쯤 아문 손가락의 상처를 바라보았다.

의사는 일어나서 램프에 가까이 다가가더니 꽃을 살펴보았다. 그가 말했다.

"암술이 이상하게 생겼군."

심리학자도 손을 뻗어 꽃 한 송이를 손에 들고 몸을 숙여 살펴보았다.

"이런, 벌써 12시 45분이나 되었군요. 어떻게 집으로 돌아가죠?"

신문기자가 말했다.

"역에 가면 마차가 얼마든지 있을 거요."

심리학자가 말했다.

"정말 특이한 꽃이군. 한데 어떤 과(科)에 속하는 꽃인지 전혀 모르겠소. 이 꽃, 내가 가져가도 되겠소?"

의사가 말했다. 시간 여행자는 머뭇거리더니 불쑥 입을 열었다.

"그건 안 되겠소."

"이 꽃 정말 어디서 구한 거요?"

의사가 물었다.

시간 여행자는 한 손을 머리 위에 얹었다. 그는 마치 머릿속에서 달아나려는 생각을 꼭 붙잡고 있으려는 사람처럼 행동하며 말문을 열었다.

"그 꽃은 내가 시간 여행으로 도착했던 곳에서 위나가 내 주머니에 꽂아준 꽃이오."

그는 방 안을 둘러보았다.

"모든 게 허상에 지나지 않는다고? 이 방과 당신들 그리고 매일 매일의 주변 상황. 그처럼 실재하는 것들은 다 기억하기에도 힘들 만큼 많소. 나는 타임머신, 혹은 타임머신 모형을 만들었잖소? 그 모든 게 전부 꿈이란 말이오? 흔히 인생은 한낱 꿈이라고 말하오. 때로는 아주 참담한 꿈에 불과하다고 말하오. 하지만 나는 하나의 꿈과 전혀 다른 또 하나의 꿈을 동시에 꾸었다는 건 용납할 수 없소. 그건 미쳤다는 거요. 그럼, 어째서 그런 꿈을 꾸었던 말이오?…… 그 타임머신을 봐야겠소. 그게 정말로 있다면 말이오!"

그는 재빨리 램프를 집어 들고는 붉은 불빛을 너울거리면서 문을 지나 복도로 나갔다. 우리는 그의 뒤를 따랐다. 흔들리는 램프 불빛 아래, 타임머신이 그 자리에 있는 것이 분명히 보였다. 흉하게 일그러진 채 웅크리고 있었다. 황동과 흑단과 상아와 반짝이는 반투명

석영으로 이루어진 기계였다. 손을 뻗어 그 기계 난간을 만져보니, 단단한 느낌이 들었다. 상아 부분에는 갈색 반점과 얼룩이 묻어 있었고 아래쪽에는 풀과 이끼가 들러붙어 있었다. 그리고 한쪽 난간은 휘어 있었다.

시간 여행자는 램프를 의자에 내려놓고 휘어진 난간을 손으로 쭉 훑었다.

"그래, 이제 알겠군. 내가 한 이야기는 모두 사실이었소. 추운데 이곳에 데리고 나와 미안하오."

그가 말했다.

그는 램프를 집어 들었고 우리는 아무 말없이 다시 흡연실로 되돌아왔다.

그는 홀까지 따라나와 우리를 배웅해주었고 편집장이 외투 입는 것을 거들어주었다. 의사는 그의 얼굴을 뚫어져라 바라보며 잠시 망설이더니, 너무 과로한 탓이라고 말해주었다. 의사의 말을 들은 시간 여행자는 크게 웃었다. 나는 그가 문이 열린 현관에 선 채 잘 가라고 큰 소리로 인사하던 걸 기억한다.

나는 편집장과 같은 마차를 탔다. 편집장은 시간 여행자 이야기가 새빨간 거짓말이라고 생각했다. 나는 결론을 내릴 수 없었다. 그 이야기는 너무나 환상적이고 믿기지 않는 내용이었지만 그의 말투는 아주 신뢰감과 진실성을 느끼게 했다. 나는 그날 밤을 거의 뜬눈으로 지새며 그 이야기에 대한 생각에 몰입했다. 나는 다음날 다시 시간 여행자를 방문해보기로 마음먹었다. 이 집 사람들과는 편하게 지내는 사이였기에, 그가 연구실에 있다는 소리를 들은 나는 곧장 그를 보러 연구실로 갔다. 그렇지만 연구실에는 아무도 없었다. 나는 잠시 타임머신을 바라보다가 손을 뻗어 레버를 만져보았다. 그 순간 웅크리고 있던 튼튼해 보이는 기계가 바람에 흔들리는 나뭇가지처럼 흔들렸다. 나는 불안정해 보이는 그 기계에 깜짝 놀랐다. 아무거나 함부로 만지지 말라는 말을 듣곤 했던 어린 시절의 아찔한 기억이 떠올랐다. 복도를 지나 되돌아왔다. 나는 흡연실에서 시간 여행자와 만났다. 막 집을 나서려는 참인 듯했다. 그는 한 손에는 카메라를, 다른 손에는 배낭을 들고 있었다. 그는 나를 보자 웃으면서 한쪽 팔꿈치를 내밀어 악수를 청했다.

"난 무척 바빠요. 그 기계 때문에 말이오."

그가 말했다.

"짓궂은 장난 아니오? 정말로 시간 여행을 한다는 거요?"

내가 입을 열었다.

"정말이고말고."

그는 내 눈을 똑바로 쳐다보며 말했다. 그는 잠시 머뭇거리더니 방 안을 둘러보았다.

"30분이면 된다오."

그가 말했다.

"당신이 찾아온 이유를 알고 있소. 제때 잘 찾아주었소. 여기 잡지가 있소. 점심때까지만 기다려주면 이 시간 여행을, 그리고 가져온 표본까지 속속들이 전부 증명해 보이겠소. 그러니 부디 잠시만 기다려주겠소?"

나는 동의했지만 그때는 그가 한 말의 의미를 거의 이해하지 못했다. 그는 고개를 끄덕이더니 복도로 걸어나갔다. 연구실 문이 쾅 하고 닫히는 소리가 났다. 나는 의자에 앉아 일간지를 집어 들었다. 도대체 점심때까지 무슨 짓을 하겠다는 거지? 일간지의 광고를 보는 순간, 문득 출판업자 리처드슨과 2시에 한 약속이 머릿속에 떠올랐다. 시계를 보니 늦지 않으려면 시간이 빠듯할 것 같았다. 그래서 나는 시간 여행자에게 사정 이야기를 하려고 자리에서 일어나 복도로 나갔다.

연구실 문의 손잡이를 막 잡는 순간, 뭔가를 외치는 소리가 들려왔다. 그리고 이상하게도 그 소리가 갑자기 끊어지는가 싶더니 딸깍 하고 쿵 하는 소리가 들렸다. 내가 문을 열자마자, 거센 돌풍이 내 몸을 휘감았다. 방 안에서 유리가 바닥에 떨어져 깨지는 소리가 들려왔다. 그곳에 시간 여행자는 보이지 않았다. 소용돌이치는 시커멓고 황동빛을 띠는 물체 속에 앉아 있는 유령 같은 희미한 형체가 순간적으로 얼핏 보인 듯했다. 그 형체는 너무나 투명했기 때문에 그 뒤에 놓인 긴 의자와 그 의자 위에 놓인 설계도까지 아주 똑똑히 보였다. 그러나 그 환영은 내가 두 눈을 비비는 사이에 사라져버리고 말았다. 타임머신이 사라지고 만 것이다. 연구실의 한쪽 구석은 피어올랐던 먼지만이 가라앉고 있을 뿐 텅 비어 있었다. 천장의 채광창 하나가 소용돌이쳤던 바람에 깨진 것이 분명했다.

나는 영문도 모르고 그저 놀란 채 멍하니 서 있었다. 뭔가 이상한 일이 일어났다는 건 알겠는데, 그게 무슨 일인지는 짐작조차 할 수 없었다. 그렇게 멍하니 서 있으려니 정원 쪽으로 난 문이 열리고 하인이 들어왔다. 우리는 서로를 쳐다보았다. 이윽고 나는 정신을 차리기 시작했다.

"주인 양반이 그쪽으로 나갔나?"

내가 물었다.

"아닙니다. 이쪽으로 나오신 분은 아무도 없습니다. 저는 주인 어르신이 이곳에 계실 거라고 생각했는데요."

나는 그제야 무슨 일이 일어났는지 알 수 있었다. 나는 리처드슨과의 약속을 어기면서까지 그곳에서 시간 여행자를 기다리기로 했다. 이번에는 더욱더 이상한 이야기를 들려줄지도 모른다고, 또한 여러 가지 표본과 사진 들도 가져올 거라 기대하면서……. 하지만 지금은 평생을 기다려야 하지 않을까 하는 걱정이 들기 시작하고 있다. 시간 여행자가 사라진 지도 이미 3년이 지났다. 이제는 누구나 다 아는 사실이지만, 그는 다시 돌아오지 않고 있다.

에필로그

누구나 궁금해한다. 과연 그가 돌아올까? 어쩌면 그는 과거로 날아갔다가 구석기 시대의 피에 굶주린 털북숭이 야만인들의 수중에 떨어졌을지도 모른다. 혹은 백악기 바다의 심연 속에 빠져버렸을지도 모른다. 아니면 쥐라기의 거대한 파충류인 기괴한 도마뱀들 한가운데 떨어졌을지도 모른다. 어쩌면 지금 — 지금이라는 말을 써도 상관없다면 — 까지도 그는 플레시오사우루스*가 가득한 어란상 석회암 산호초 위나 트라이아스기**의 외딴 소금 호수 근처를 방황하고 있을지도 모른다. 아니면 그는 지난번보다는 가까운 미래

* 쥐라기에 살았던 파충류로 3~5미터 크기에 도마뱀과 비슷하게 생겼으며, 목은 뱀 모양으로 길고 네 발은 지느러미 모양이다.

** 중생대의 첫 시대로 약 2억 4천500만 년 전~약 2억 천만 년 전까지의 시기

로 갔을지도 모른다. 그러니까 인류는 아직 그대로 인류지만 우리 시대에 남은 수수께끼나 까다로운 문제들을 모두 해결한 시대로 간 것은 아닐까? 즉 인류의 전성기로 말이다. 내 생각에는 불충한 과학상 실험과 단편적인 이론 그리고 이 둘 사이의 부조화가 지배적인 현대를 인류의 전성기라고 생각할 수는 없다! 물론 이건 내 생각일 뿐이지만. 시간 여행자는 인류의 진보에 대해 비관적인 생각을 가지고 있었다. 이 문제에 대해서 나는 그와 타임머신을 만들기 훨씬 전에 토론한 적이 있기 때문에 그런 그의 생각을 알고 있다. 그는 문명이 높이 쌓은 것은 부질없는 축적물에 불과하며, 그것은 결국에는 무너져 그것을 만든 자들을 해치고 말 거라고 생각했었다. 설사 그렇다고 하더라도 우리는 그런 일은 일어날 리 없다고 생각하며 살아갈 수밖에 없다. 하지만 내게 미래는 어둠에 싸인 미지의 세계다. 미래는 시간 여행자가 들려준 이야기에 대한 기억에 의존해서 그저 단편적인 면만을 알고 있을 뿐인 광대한 미지의 세계인 것이다. 그리고 내 옆에는 기이한 하얀 꽃 두 송이가 놓여 있는데, 그것이 나를 위로해준다. 그 꽃은 이미 시들어 갈색으로 변하고 축 처져 부서질 것만 같지만 바로 이것이야말로 인류의 지성과 힘이 사라져도 감사하고 서로 사랑하는 마음은 인류의 가슴에 영원히 살아 있을 것임을 증명해주는 것이리라.

작품 해설

시대를 앞서 간 문명 비평가이며 과학 소설의 아버지라 불리는 허버트 조지 웰스(H. G. Wells)는 1866년 9월 21일, 잉글랜드 켄트주 브롬리에서 태어났다. 하층 계급 출신이었던 그는 어릴 적에 정규교육을 제대로 받지 못했다. 한때 포목상에서 도제 생활을 했지만 적성에 맞지 않아 2년여 만에 그만두고 미드허스트에서 교육 실습생 자리를 얻게 된다. 비로소 고등교육의 기회를 얻게 된 그는 열여덟 살이 되던 해인 1884년에 우수한 성적으로 장학금을 받아 런던의 과학사범학교(임페리얼칼리지런던 자연과학부의 전신)에 입학한다. 그곳에서 그는 유명한 생물학자 헉슬리*를 만나면서 인생의 새로운 전기를 맞는다. 웰스는 헉슬리에게서 3년간 과학을 배우면서 이후 그의 문학과 사상의 토대가 되는 논리적인 일관성과 과학적

추론, 진화론적이고 예언자적인 지적 사고를 갖추게 된다.

웰스는 학교를 졸업한 후 얼마간 과학교사 생활을 하기도 했지만, 곧 문필에 뜻을 두고 단편 소설을 쓰기 시작하면서 본격적으로 작가의 길에 접어든다. 그리고 마침내 1895년에 자신에게 큰 명성을 안겨준《타임머신(*The Time Machine*)》을 발표한다.《타임머신》은 암울한 인류의 미래를 보여주는 동시에 최초로 과학적인 수단으로서 시간 여행의 가능성을 예시하며, 현재에 고정되어 있는 우리 사고의 지평을 과거와 미래로 넓혔다.

이후 4년여 사이에 웰스는《모로 박사의 섬(*The Island of Dr. Moreau*)》(1896),《투명 인간(*The Invisible*)》(1897),《우주 전쟁(*The War of the Worlds*)》(1898) 등의 작품을 발표하면서, 현대문명에 대한 암울한 비전을 생생하게 그려낸다. 특히 다음 세기를 바로 앞두고 발표한《우주 전쟁》은 빅토리아 왕조의 낡은 전통과 인류의 진보에 대한 맹목적 믿음을 폭로하는 동시에 영국의 제국주의와 일상적인 삶에 매몰된 사람들의 모습을 비판하고 "과거 사물의 속박에서 해방되어야 한다"는 것을 강조했다. 웰스는 1902년 왕립학회 강연에

---

* T. H. Huxley, 헉슬리는《종의 기원(*The Origin of Species*)》을 발표한 찰스 다윈의 가까운 동료이며,《멋진 신세계(*Brave New World*)》의 작가 올더스 헉슬리의 조부다. 그는 철학·종교적으로 불가지론을 주창했고 다윈의 진화론을 열렬히 지지했다. 다윈이 진화론 논쟁에 말려들려 하지 않은 것에 반해, 그는 진화론의 기수로 활동하면서 다양한 논쟁에 적극적으로 나서, 신학으로부터 과학의 독립을 주창했다.

서 다음과 같은 지론을 피력한 바 있다. "우리는 과거의 제약에 구속받지 않고 자기 행동의 창조적 노력을 실현해야 한다. 우리는 과거 사물의 속박에서 해방되어야 한다."* 웰스는 이 같은 자신의 지론을 펼치며, 상상력을 지구에서 먼 우주로 확장한다. 또한 파국이라는 세기말의 암울한 비전을 그리면서도 파괴 속에서 새로운 건설을 꿈꾼다.

20세기 접어들면서 웰스는, 빅토리아 시대의 낡은 전통적 가치가 소멸된 후 새롭게 건설되는 가치와 세계 질서를 목격하며 낙관주의적 비전을 보인다. 《타임머신》을 시작으로 19세기 말에 발표한 작품들의 어두운 세계관에 투영되었던 과학적인 지식과 진화론적이고 예언자적인 지적 사고는 이제는 이상 사회와 새로운 세계상을 창조하고자 하는 낙관주의적인 전망에 기반을 둔 사상에 반영된다.

그러한 사상에 기초해 그는 1901년에 출간한 《예견(*Anticipations*)》에서 새로운 세기를 맞은 인류의 미래를 예견하고 진단하며 사회개혁적인 사상을 펼친다. 이러한 그의 사회 개혁 사상은 페이비언 협회**와 유토피아적인 사회주의자들과 교류하면서 세계 단일국가

---

* H. G. Wells, *Experiment in Autobiography*(Faber and Faber 1984), p. 648

** Fabian Society, 버나드 쇼, 시드니와 비어트리스 웨브 등이 주축이 되어 1884년에 영국 런던에서 결성한 영국의 사회주의 단체로 점진적인 개혁을 통한 사회 변혁을 지향했다.

라는 이상 세계에 대한 구상으로 이어진다. 하지만 무한한 상상력과 이상주의를 기반으로 하는 그의 사상은 온건한 점진적 개량주의 노선을 띠던 페이비언협회의 이상과 크게 대립한다. 결국 그는 페이비언협회가 추구하는 온건한 성격의 이상에서 벗어나《모던 유토피아(*A Modern Utopia*)》(1905),《신과 같은 인간(*Men Like Gods*)》(1923),《다가올 세상의 모습(*The Shape of Things to Come*)》(1933) 등을 통해 이상 사회를 지구에 한정하지 않고 우주적 차원으로까지 넓히며 더욱 거시적이고 혁신적인 유토피아 사상을 펼치는 한편,《생명의 과학(*The Science of Life*)》(1930)과《인류의 노동과 부와 행복(*The Work, Wealth and Happiness of Mankind*)》(1932) 등의 계몽주의적인 작품을 통해 세계 단일국가를 지향하는 사회 개혁과 진보를 역설한다.

하지만 2차 세계대전의 참사를 목격한 후 그는 오랫동안 품어왔던 낙관주의적인 전망에 회의감을 느끼고 만다. 결국《사람의 운명(*Fate of Homo Sapiens*)》(1939)에서 조금씩 어두운 비전을 보이더니, 마지막 저작《정신의 한계(*Mind at the End of It's Tether*)》(1945)에서는 오랜 세월 고수해온 낙관주의의 세계관을 부정하고 만다. 그리고 다음해인 1946년에 여든의 나이로 조용히 생을 마감한다.

웰스는 1895년에 발표한《타임머신》을 통해, 우리 상상력의 지평을 아득히 먼 미래와 과거로 확장했다.

이 소설이 갖는 가장 큰 매력은 기계라는 과학적 수단으로 시간 여행의 가능성을 예시한 점이다. 워싱턴 어빙의《립 반 윙클(*Rip Van Winkle*)》(1819), 찰스 디킨스의《크리스마스 캐럴(*A Christmas Carol*)》(1843), 에드워드 벨라미의《되돌아보며(*Looking Backward*)》(1888), 마크 트웨인의《아서왕 궁전의 코네티컷 양키(*A Connecticut Yankee in King Arthur's Court*)》(1889) 등의 작품처럼 웰스 이전에도 시간 여행을 다룬 소설은 있었지만, 보통 긴 수면 후 다른 시대에 깨어나거나, 꿈속에서 경험하는 방식으로 시간 여행을 하는 데 한정되어 있었다. 웰스에 와서야 비로소 타임머신이라는 과학적인 기계 장치를 이용한 시간 여행이 구체적으로 제시되었다. 기계 장치를 이용했기 때문에 80만 2701년이라고 하는 어마어마한 시대로 혹은 에필로그에서 가능성을 예감한 바처럼 쥐라기 시대와 같은 아늑히 먼 과거로 시간 여행을 상상해낼 수 있었다.

시간 여행자는 의사, 심리학자, 저널리스트 등 빅토리아 시대의 중산층을 대변하는 사람들을 모아놓고 시간 여행의 경험담을 들려준다. 하지만 그가 들려주는 이야기는 빅토리아 시대의 사고에 물들어 있는 사람들로서는 도저히 믿을 수 없는 허무맹랑한 이야기일 뿐이다. 웰스는 그들같이 낡은 시대를 대표하는 사람들의 진보에 대한 맹목적인 믿음, 불평등한 계급 사회(계급 분화), 도덕성을 상실한 물질문명을 냉담한 시선으로 폭로하며 시간 여행자의 경험담을 통해 인류의 파국을 경고한다.

시간 여행자가 도착한 80만 2701년의 세상은 얼핏 보면 온화한 기후에 평온한 분위기가 감도는 정원이나 에덴동산 같은 느낌을 준다. 그리고 그곳에 사는 아름다운 엘로이라는 종족은 마치 아담과 이브 들처럼 느껴진다. 하지만 그와 같은 세상은 흔히 사람들이 떠올릴 수 있는 수준 높은 윤리나 발전된 과학 기술에 기반을 둔 이상 사회와는 거리가 먼, 변화와 진보 없는 퇴화된 사회며 엘로이족은 활력과 지적인 능력을 상실하고 무기력 상태에 빠진 열등한 사람들이다. 그리고 그런 인류의 후손의 모습에서 엿볼 수 있듯이, 인류는 현대인의 생각과는 달리 엉뚱한 방향으로 진화해 있다. 안락한 삶 속에서 노동이 필요 없어진 지배 계급과 생산을 담당했던 노동계급이 각각 엘로이족(무력한 종)과 몰록족(지하 괴물)으로 진화한 것이다. 그 모습은 19세기의 계급 분화, 자본주의의 계급 구조가 오랜 시간에 걸쳐 변화한 결과다. 그 결과를 사유해낸 시간 여행자(웰스)는 자신에게 편의를 제공하는 엘로이족에게 동정을 표하지만, 두 종족 중 어느 편에도 서지 않는다. 몰록족에게 희생당하는 엘로이족의 운명은 19세기 사회에서 노동 계급을 학대하며 안락한 삶을 영위하던 지배 계급이 자처한 길이었고, 노동 계급은 인류의 흔적이 조금도 남아 있지 않은 흉측한 괴물로 변해 있었기 때문이다. 결국 웰스는 그 먼 미래 사회의 모습을 통해 산업화되어가며 계급 분화가 뚜렷해지던 19세기 영국 사회와 현대 문명을 비판한 것이다.

사실상 그 미래 사회는 19세기 인류나 현재의 우리가 판단하기에는 시간적으로 너무 멀리 떨어져 있는 미지의 세계다. 하지만 인류의 인식 범위 밖에 있는 아득하고 기나긴 세월도 우주적 차원에서 보면, 아주 미미해 보인다. 시간 여행자는 밤하늘을 바라보며 이렇게 말한다.

> 별들을 바라보고 있으니, 내 걱정거리와 지상의 삶의 모든 중요한 문제가 갑자기 하찮게 느껴졌다. 나는 헤아릴 수 없을만큼 먼 거리와 미지의 과거로부터 미래로 천천히 움직여가는 별들의 필연적 운동에 대해 생각해보았다. 그리고 지구의 극이 그리는 거대한 세차 운동의 주기도 생각해보았다. 내가 시간 여행을 하는 세월 동안 이 조용한 회전 운동은 겨우 40회밖에 일어나지 않았다. 그리고 그 적은 횟수의 회전 운동을 하는 사이에 모든 인간의 활동과 전통, 복잡한 조직, 국가, 언어, 문학, 열망 그리고 심지어 내가 아는 인류에 대한 기억마저 완전히 사라지고 만 것이다.

점차 거시적 차원에서 미래를 전망하고 상상력을 우주로 확장하는 웰스의 세계관과 사유가 이 어두운 작품 속에서도 발견된다는 점에서 무척 흥미롭다. 《우주 전쟁》, 그 결말에서 보여준 '우주로 뻗어가는 인류에 대한 환상'과 20세기에 발표한 여러 작품에서 보여준 '항성 간의 교류까지 가능한 우주적 차원의 유토피아'는 인간의 인식 범위와 상상력의 지평을 우주적 차원으로 넓히기 전에 고민한 철학적 사색처럼 느껴진다.

시간 여행자(웰스)는 인류의 쇠퇴기에 접어든 세계에서 훨씬 더 먼, 3천 만 년 후의 미래로 시간 여행을 떠난다. 그리고 마침내 우리는 생명이 꺼져가는 지구의 모습을 목격한다. 이는 인류의 어두운 비전이자 인류를 향한 경고로 보인다. 하지만 웰스는 단순히 그런 어두운 전망에 그치지 않고 거대한 우주를 배경으로 최후를 맞이하는 세계 앞에 우리가 경외감을 느끼게 한다. 그리고 웰스는 인류에 대한 비관적인 전망 속에서도 한 가닥 희망을 제시한다.

시간 여행자는 물에 빠진 위나라는 소녀를 구해주고 그녀와 서로 인간적인 애정을 느끼게 되는데, 웰스는 그런 인간적인 사랑이야말로 인간이 존재하는 한 영원히 사라지지 않을 것임을 그녀가 애정의 표시로 시간 여행자에게 건네주었던 꽃을 통해 암시한다.

……내 옆에는 기이한 하얀 꽃 두 송이가 놓여 있는데, 그것이 나를 위로해준다. 그 꽃은 이미 시들어 갈색으로 변하고 축 처져 부서질 것만 같지만 바로 이것이야말로 인류의 지성과 힘이 사라져도 감사하고 서로 사랑하는 마음은 인류의 가슴에 영원히 살아 있을 것임을 증명해주는 것이리라.

타임머신을 타고 웰스가 그려낸 상상의 세계를 여행하는 것은 매우 즐거운 경험이 되리라 확신한다.

옮긴이

허버트 조지 웰스 연보

1866년 9월 21일, 영국 켄트주 브롬리에서 아버지 조지프 웰스와 어머니 사라 닐 사이에서 넷째이자 막내로 태어났다.

1881년 약국에서 점원으로 일하며 그래머스쿨에서 수업을 받았다. 곧 약국을 그만두고 포목점에서 수습 점원으로 일했다.

1883년 미드허스트 그래머스쿨의 교생으로 채용되었다. 자연과학과 경제학 서적을 폭넓게 읽으며 과학 교육 분야 국가시험에 응시하기 위해 준비했다.

1884년 런던의 과학사범학교(훗날 임페리얼칼리지런던에 속한 왕립과학원)에 정부 장학생으로 선발되어 입학했다. 당시 사범학교의 학장이던 토머스 헨리 헉슬리(올더스 헉슬리의 조부)의 생물학과 동물학 강의를 수강했다.

1886년 과학에서 우수한 성적을 거두는 동시에 문학과 정치 문제에도 관심을 갖게 되었고, 사회주의 집회에 참석하기도 했다.《사이언스 스쿨 저널》을 창간했다.

1887년 지질학 최종 시험에 낙제해 장학생 자격을 잃고 학위를 받지 못한 채 사범학교를 떠났다. 웨일스 북부 홀트 아카데미에 교사로 취업했으나 교내 축구 시합에서 신장 파열과 폐출혈 등 큰 부상을 당해 직장을 그만두었다. 이후 치료를 받으며 글쓰기에 몰두했다.

1888년 런던의 헨리 하우스 학교에 교사로 채용되었다.《사이언스 스쿨 저널》에 소설《크로닉 아르고호》를 연재했다.

1890년 런던대학교에서 이학사 시험을 치러 생물학은 제1급 우등으로, 지질학은 제2급으로 합격했다. 동물학회 특별 회원으로 선정되었고, 통신교육대학교에 생물학 교사로 채용되었다.

1893년 폐출혈이 재발해 교사 일을 그만두고 집필에만 전념하기로 결심했다.

1894년 훗날《타임머신》이 될 일곱 가지 이야기가 일간지〈내셔널 옵서버〉에 3월부터 6월까지 연재되었다.

1895년 과학 소설《타임머신》이 잡지《뉴 리뷰》에 1월부터 5월까지 연재되고 5월에 책으로 출간되었다.

1896년 조지 기싱을 만났다. 두 번째 과학 소설《모로 박사의 섬》과 가정 소설《우연의 바퀴》를 출간했다.

1897년 과학 소설《투명 인간》을 출간했다.

1898년 폐출혈이 재발해 요양하던 중 헨리 제임스, 조지프 콘래드, 포드 매덕스 포드, 스티븐 크레인을 만났다. 기싱과 함께 이탈리아를 여행했다.《우주 전쟁》을 출간했다.

1901년 과학 소설《달세계 최초의 인류》와 사회과학서《예견》을 출간했다.

1903년 사회주의 조직인 페이비언협회에 가입했다. 조지 버나드 쇼, 시드니 웨브, 비어트리스 웨브, 버넌 리를 만나 교우했다.

1906년 미국에서 강연과 여행을 하고 막심 고리키, 시어도어 루스벨트, 부커 T. 워싱턴을 만났다. 소설《혜성의 시대》와 논픽션《미국의 미래》,《사회주의와 가족》 등을 출간했다.

1908년 버나드 쇼, 웨브 부부와 사이가 틀어져 페이비언협회를 탈퇴하고 소설《공중 전쟁》과 논픽션《구세계를 위한 신세계》 등을 출간했다.

1920년 러시아를 방문해 레닌과 트로츠키, 고리키 등을 만났다. 논픽션《어둠 속의 러시아》와《세계사 대계》를 출간해 엄청난 인기를 얻었다.

1922년 《간략한 세계사》와《세계사 대계》 개정판을 출간했다. 노동당에 입당해 하원 의원 선거에 나갔으나 낙선했다.

1923년 하원 의원 선거에 재출마해 또다시 낙선했다. 프로방스에서 겨울을 보내며 소설《신과 같은 인간》,《꿈》을 비롯해 논픽션도 여러 권 출간했다.

1930년 아들인 조지 필립 웰스, 줄리언 헉슬리(올더스 헉슬리의 형)와 함께《생명의 과학》을 출간했다. 이듬해 당뇨병 진단을 받았다.

1933년 소설《다가올 세상의 모습》(훗날 영화로 제작되어 1936년〈다가올 세상〉이라는 제목으로 개봉)을 출간했다. 세계적인 작가 단체 '펜클럽' 회장이 되었다.

1934년 소련과 미국을 방문해 스탈린과 루스벨트를 만났다.《자서전의 실험》을 출간했다.

1940년 독일군이 런던을 폭격하는 중에도 런던에 남아 있다가 가을에 미국으로 강연 여행을 떠났다. 논픽션《인간의 권리》와 소설 여러 편을 출간했다.

1941년 마지막 소설인《조심하는 게 상책》과 논픽션《새로운 세계의 안내서》를 출간했다.

1942년 논픽션《과학과 세계정신》,《시간 정복》,《피닉스》를 출간하고, 동물학 박사 학위 논문을 발표했다.

1943년 이학 박사 학위를 받았다.《크룩스 안사타: 가톨릭교회에 대한 고발장》을 출간했다.

1944년 에세이《1942년부터 1944년까지》를 출간했다.

1945년 논픽션《정신의 한계》를 출간했고, 이후 건강이 악화했다.

1946년 8월 13일 런던의 자택에서 세상을 떠났다.

옮긴이 임종기

1970년 당진에서 태어났으며, 서강대학교 대학원에서 사회학을 전공했다. 웹진 〈리얼판타〉의 편집주간으로 활동했고 장르 문학에 대한 비평과 번역을 꾸준히 하고 있다. 지은 책으로 《SF부족들의 새로운 문학 혁명, SF의 탄생과 비상》이 있으며, 옮긴 책으로 H. G. 웰스 《투명 인간》, 메리 셸리 《프랑켄슈타인》, 오스카 와일드 《도리언 그레이의 초상》, 잭 런던 《야성의 외침》, H. G. 웰스 《우주 전쟁》, 필립 커 《철학적 탐구》, 스티븐슨 《바로크 사이클》 등이 있다.

타임머신

1판 1쇄 발행 2007년 11월 30일
3판 1쇄 발행 2025년 7월 18일

지은이 허버트 조지 웰스 | 옮긴이 임종기
펴낸곳 (주)문예출판사 | 펴낸이 전준배
출판등록 2004. 02. 11. 제 2013-000357호 (1966. 12. 2. 제 1-134호)
주 소 04001 서울시 마포구 월드컵북로 21
전화 02-393-5681 | 팩스 02-393-5685
홈페이지 www.moonye.com | 블로그 blog.naver.com/imoonye
페이스북 www.facebook.com/moonyepublishing | 이메일 info@moonye.com

ISBN 978-89-310-2539-2 04800
ISBN 978-89-310-2365-7 (세트)

■ 문예세계문학선

★ 서울대, 연세대, 고려대 필독 권장 도서 ▲ 미국대학위원회 추천 도서
● 《타임》 선정 현대 100대 영문 소설 ▽ 《뉴스위크》 선정 세계 100대 명저

1 **젊은 베르테르의 슬픔** 괴테 / 송영택 옮김
▲▽ 2 **멋진 신세계** 올더스 헉슬리 / 이덕형 옮김
▲●▽ 3 **호밀밭의 파수꾼** J. D. 샐린저 / 이덕형 옮김
4 **데미안** 헤르만 헤세 / 구기성 옮김
5 **생의 한가운데** 루이제 린저 / 전혜린 옮김
6 **대지** 펄 S. 벅 / 안정효 옮김
●▽ 7 **1984** 조지 오웰 / 김승욱 옮김
▲●▽ 8 **위대한 개츠비** F. 스콧 피츠제럴드 / 송무 옮김
▲●▽ 9 **파리대왕** 윌리엄 골딩 / 이덕형 옮김
10 **삼십세** 잉게보르크 바흐만 / 차경아 옮김
★▲ 11 **오이디푸스왕 · 안티고네** 소포클레스 · 아이스킬로스 / 천병희 옮김
★▲ 12 **주홍글씨** 너새니얼 호손 / 조승국 옮김
▲●▽ 13 **동물농장** 조지 오웰 / 김승욱 옮김
★ 14 **마음** 나쓰메 소세키 / 오유리 옮김
★ 15 **아Q정전 · 광인일기** 루쉰 / 정석원 옮김
16 **개선문** 레마르크 / 송영택 옮김
★ 17 **구토** 장 폴 사르트르 / 방곤 옮김
18 **노인과 바다** 어니스트 헤밍웨이 / 이경식 옮김
19 **좁은 문** 앙드레 지드 / 오현우 옮김
★▲ 20 **변신 · 시골 의사** 프란츠 카프카 / 이덕형 옮김
★▲ 21 **이방인** 알베르 카뮈 / 이휘영 옮김
22 **지하생활자의 수기** 도스토옙스키 / 이동현 옮김
★ 23 **설국** 가와바타 야스나리 / 장경룡 옮김
★▲ 24 **이반 데니소비치의 하루** A. 솔제니친 / 이동현 옮김
25 **더블린 사람들** 제임스 조이스 / 김병철 옮김
★ 26 **여자의 일생** 기 드 모파상 / 신인영 옮김
27 **달과 6펜스** 서머싯 몸 / 안흥규 옮김
28 **지옥** 앙리 바르뷔스 / 오현우 옮김
★▲ 29 **젊은 예술가의 초상** 제임스 조이스 / 여석기 옮김
▲ 30 **검은 고양이** 애드거 앨런 포 / 김기철 옮김
★ 31 **도련님** 나쓰메 소세키 / 오유리 옮김
32 **우리 시대의 아이** 외된 폰 호르바트 / 조경수 옮김
33 **잃어버린 지평선** 제임스 힐턴 / 이경식 옮김
34 **지상의 양식** 앙드레 지드 / 김붕구 옮김
35 **체호프 단편선** 안톤 체호프 / 김학수 옮김
36 **인간 실격** 다자이 오사무 / 오유리 옮김
37 **위기의 여자** 시몬 드 보부아르 / 손장순 옮김
●▽ 38 **댈러웨이 부인** 버지니아 울프 / 나영균 옮김
39 **인간희극** 윌리엄 사로얀 / 안정효 옮김
40 **오 헨리 단편선** O. 헨리 / 이성호 옮김
★ 41 **말테의 수기** R. M. 릴케 / 박환덕 옮김
42 **파비안** 에리히 케스트너 / 전혜린 옮김
★▲▽ 43 **햄릿** 윌리엄 셰익스피어 / 여석기 옮김
44 **바라바** 페르 라게르크비스트 / 한영환 옮김
45 **토니오 크뢰거** 토마스 만 / 강두식 옮김
46 **첫사랑** 이반 투르게네프 / 김학수 옮김
47 **제3의 사나이** 그레이엄 그린 / 안흥규 옮김
★▲▽ 48 **어둠의 속** 조셉 콘래드 / 이덕형 옮김
49 **싯다르타** 헤르만 헤세 / 차경아 옮김
50 **모파상 단편선** 기 드 모파상 / 김동현 · 김사행 옮김
51 **찰스 램 수필선** 찰스 램 / 김기철 옮김
★▲▽ 52 **보바리 부인** 귀스타브 플로베르 / 민희식 옮김
53 **페터 카멘친트** 헤르만 헤세 / 박종서 옮김
★ 54 **몽테뉴 수상록** 몽테뉴 / 손우성 옮김
55 **알퐁스 도데 단편선** 알퐁스 도데 / 김사행 옮김
56 **베이컨 수필집** 프랜시스 베이컨 / 김길중 옮김
★▲ 57 **인형의 집** 헨리크 입센 / 안동민 옮김
★ 58 **소송** 프란츠 카프카 / 김현성 옮김
★▲ 59 **테스** 토마스 하디 / 이종구 옮김
★▽ 60 **리어왕** 윌리엄 셰익스피어 / 이종구 옮김
61 **라쇼몽** 아쿠타가와 류노스케 / 김영식 옮김
▲▽ 62 **프랑켄슈타인** 메리 셸리 / 임종기 옮김
▲●▽ 63 **등대로** 버지니아 울프 / 이숙자 옮김
64 **명상록** 마르쿠스 아우렐리우스 / 이덕형 옮김
65 **가든 파티** 캐서린 맨스필드 / 이덕형 옮김
66 **투명인간** H. G. 웰스 / 임종기 옮김
67 **게르트루트** 헤르만 헤세 / 송영택 옮김
68 **피가로의 결혼** 보마르셰 / 민희식 옮김

(뒷면 계속)

★ 69 **팡세** 블레즈 파스칼 / 하동훈 옮김
70 **한국 단편 소설선** 김동인 외
71 **지킬 박사와 하이드** 로버트 L. 스티븐슨 / 김세미 옮김
▲ 72 **밤으로의 긴 여로** 유진 오닐 / 박윤정 옮김
★▲▽ 73 **허클베리 핀의 모험** 마크 트웨인 / 이덕형 옮김
74 **이선 프롬** 이디스 워튼 / 손영미 옮김
75 **크리스마스 캐럴** 찰스 디킨슨 / 김세미 옮김
★▲ 76 **파우스트** 요한 볼프강 폰 괴테 / 정경석 옮김
▲ 77 **야성의 부름** 잭 런던 / 임종기 옮김
★▲ 78 **고도를 기다리며** 사뮈엘 베케트 / 홍복유 옮김
★▲▽ 79 **걸리버 여행기** 조너선 스위프트 / 박용수 옮김
80 **톰 소여의 모험** 마크 트웨인 / 이덕형 옮김
★▲▽ 81 **오만과 편견** 제인 오스틴 / 박용수 옮김
★▽ 82 **오셀로 · 템페스트** 윌리엄 셰익스피어 / 오화섭 옮김
★ 83 **맥베스** 윌리엄 셰익스피어 / 이종구 옮김
▽ 84 **순수의 시대** 이디스 워튼 / 이미선 옮김
★ 85 **차라투스트라는 이렇게 말했다** 니체 / 황문수 옮김
★ 86 **그리스 로마 신화** 에디스 해밀턴 / 장왕록 옮김
87 **모로 박사의 섬** H. G. 웰스 / 한동훈 옮김
88 **유토피아** 토머스 모어 / 김남우 옮김
★▲ 89 **로빈슨 크루소** 대니얼 디포 / 이덕형 옮김
90 **자기만의 방** 버지니아 울프 / 정윤조 옮김
▲ 91 **월든** 헨리 D. 소로 / 이덕형 옮김
92 **나는 고양이로소이다** 나쓰메 소세키 / 김영식 옮김
★ 93 **폭풍의 언덕** 에밀리 브론테 / 이덕형 옮김
★▲ 94 **스완네 쪽으로** 마르셀 프루스트 / 김인환 옮김
★ 95 **이솝 우화** 이솝 / 이덕형 옮김
★ 96 **페스트** 알베르 카뮈 / 이휘영 옮김
▲ 97 **도리언 그레이의 초상** 오스카 와일드 / 임종기 옮김
98 **기러기** 모리 오가이 / 김영식 옮김
★▲ 99 **제인 에어 1** 샬럿 브론테 / 이덕형 옮김
★▲100 **제인 에어 2** 샬럿 브론테 / 이덕형 옮김
101 **방황** 루쉰 / 정석원 옮김
102 **타임머신** H. G. 웰스 / 임종기 옮김
●103 **보이지 않는 인간 1** 랠프 엘리슨 / 송무 옮김
●104 **보이지 않는 인간 2** 랠프 엘리슨 / 송무 옮김
▲105 **훌륭한 군인** 포드 매덕스 포드 / 손영미 옮김
106 **수레바퀴 아래서** 헤르만 헤세 / 송영택 옮김
▲107 **죄와 벌 1** 표도르 도스토옙스키 / 김학수 옮김
▲108 **죄와 벌 2** 표도르 도스토옙스키 / 김학수 옮김
109 **밤의 노예** 미셸 오스트 / 이재형 옮김
110 **바다여 바다여 1** 아이리스 머독 / 안정효 옮김
111 **바다여 바다여 2** 아이리스 머독 / 안정효 옮김
112 **부활 1** 레프 톨스토이 / 김학수 옮김
113 **부활 2** 레프 톨스토이 / 김학수 옮김
▲●114 **그들의 눈은 신을 보고 있었다**
조라 닐 허스턴 / 이미선 옮김
115 **약속** 프리드리히 뒤렌마트 / 차경아 옮김
116 **제니의 초상** 로버트 네이선 / 이덕희 옮김
117 **트로일러스와 크리세이드**
제프리 초서 / 김영남 옮김
118 **사람은 무엇으로 사는가**
레프 톨스토이 / 이순영 옮김
119 **전락** 알베르 카뮈 / 이휘영 옮김
120 **독일인의 사랑** 막스 뮐러 / 차경아 옮김
121 **릴케 단편선** R. M. 릴케 / 송영택 옮김
122 **이반 일리치의 죽음** 레프 톨스토이 / 이순영 옮김
123 **판사와 형리** F. 뒤렌마트 / 차경아 옮김
124 **보트 위의 세 남자** 제롬 K. 제롬 / 김이선 옮김
125 **자전거를 탄 세 남자** 제롬 K. 제롬 / 김이선 옮김
126 **사랑하는 하느님 이야기** R. M. 릴케 / 송영택 옮김
127 **그리스인 조르바** 니코스 카잔차키스 / 이재형 옮김
128 **여자 없는 남자들** 어니스트 헤밍웨이 / 이종인 옮김
129 **사양** 다자이 오사무 / 오유리 옮김
130 **슌킨 이야기** 다니자키 준이치로 / 김영식 옮김
131 **실종자** 프란츠 카프카 / 송경은 옮김
132 **시지프 신화** 알베르 카뮈 / 이가림 옮김
133 **장미의 기적** 장 주네 / 박형섭 옮김
134 **진주** 존 스타인벡 / 김승욱 옮김
135 **황야의 이리** 헤르만 헤세 / 장혜경 옮김